Murmeln

Die Welt von Severin Kunz steht Kopf.

Felix Bachbetti

Für Nina, Jill und Nils

Felix Bachbetti

Murmeln

Die Welt von Severin Kunz steht Kopf.

Roman

1. Auflage 2024

Umschlag: Felix Bachbetti

Verlag: BoD · Books on Demand GmbH, In de Tarpen 42, 22848 Norderstedt
Druck: Libri Plureos GmbH, Friedensallee 273, 22763 Hamburg

ISBN: 978-3-7583-3968-4

Prolog

Der Flug ist unruhig gewesen. Nicht dass er dies wirklich beurteilen könnte, denn er ist zuvor noch nie geflogen. Seine Hand ist weissgefärbt und umklammert die Armlehne. Er löst und schüttelt sie. Langsam zirkuliert das Blut wieder. Das Flugzeug steht jetzt still und die Triebwerke säuseln nur noch leise. Ein Dong ertönt und das vorher leuchtende Sicherheitsgurtzeichen erlöscht. Nervosität entsteht. Ringsum ist das Klacken der sich öffnenden Sicherheitsgurte zu hören. Die ersten Passagiere stehen in den Gang. Sie greifen mit ihren Armen nach oben und öffnen die Gepäckfächer. Vorne in der Business Class richtet sich eine Geschäftsfrau lässig den feinkarierten Blazer. Sie nimmt einen kleinen Rollkoffer aus dem Gepäckfach und führt ihn geübt zu Boden. Dabei lässt sie klickend den Haltegriff ausfahren. Sie trommelt mit ihren Fingern auf die Sitzlehne und wartet.

Die Frau, die neben ihm sitzt, stupst ihn an und nickt ihm zu. Er löst sich von seinem Sitz und stellt sich verkrümmt davor, da der Gang neben ihm bereits durch wartende Reisende besetzt ist.

Er schaut sich um. Seine Mutter steht zwei Reihen hinter ihm bereits im Gang und nestelt ihre Lesebrille ins Haar. Sie erfasst seinen Blick und zuckt mit den Lippen. Ihre Augen wirken müde. Er wendet sich den Fenstern zu und sieht, wie draussen ein

Flughafen-Traktor mit einer Reihe kleiner Gepäckwagen um die Flügelspitze fährt. Ein grosser Bus steht dahinter mit geöffneten Türen bereit, um die Passagiere aufzunehmen. Sein Fahrer trägt eine spiegelnde Sonnenbrille und lässt den Arm lässig aus dem Fenster hängen.

Es kommt Bewegung in die Wartenden im Gang. Seine Mutter rückt auf und lässt ihm Platz. Sie deutet ihm, in den Gang zu treten. Rasch tritt er hinaus und greift nach seinem kleinen Rucksack, der noch oben im Fach liegt. Den Rucksack vor sich haltend folgt er nun den anderen Reisenden zum Ausgang des Flugzeugs, wo sie von der Crew verabschiedet werden. Er steigt die Treppe hinunter. Die Sonne empfängt ihn und wärmt seine Arme. Der prall gefüllte Bus ist bereits abgefahren und ein anderer fährt heran. Hier sitzt eine asiatisch aussehende Frau hinter dem Steuer.

«Wir hätten Swiss fliegen sollen», sagt nun seine Mutter, «dann wären wir an einem Fingerdock angekommen und hätten unterwegs erst noch ein Stück Schokolade erhalten.»

Sie treten in den Bus, drücken sich an ein Fenster und lassen sich zum Terminal fahren. Hoch am Gebäude sehen sie die Tafel mit der Aufschrift 'Flughafen Zürich'.

«Alles klar, Bob?», fragt seine Mutter.

«Ja.»

«Nervös?»

«Ja.»

Sie wuschelt im Haar ihres Sohnes, der sie in der Grösse um einen halben Kopf überragt.

«Mama! Hör auf!», zischt er und dreht sich wieder zum Fenster.

Seine Mutter lächelt und betrachtet ihren Achtzehnjährigen im Profil. Es würde nicht leicht werden für ihn. Aber es würde auch nicht leicht werden für sie.

Kurze Zeit später legen die beiden ihre bordeauxroten irischen Pässe an der Kontrolle vor und gehen weiter zu den Rollbändern der Gepäckausgabe.

1

im Juni 1928

«Marie! Komm!»

Florence duckt sich hinter die zerbröselnde Steinmauer gleich am Fuss des hohen, geziegelten Fabrikkamins und ist ganz ausser Atem. Eben ist sie über den Drahtzaun am Weg gestiegen, an dem Marie jetzt gerade hängengeblieben ist. Marie kann sich befreien und kommt herangerannt. Ihr geflochtenes Haar hochgesteckt, presst sie sich ebenfalls an die schützende Steinmauer. Ihr Kopf ist rot angelaufen.

«Flo', ich habe mir die Schürze zerrissen. Das wird Ärger geben.»

«Warum trägst du auch eine Schürze?»

Florence würde nie eine Schürze tragen, dafür ist sie zu modern. Am liebsten würde sie anstelle des Rocks die Hosen anziehen, die die grossen Burschen heute tragen und auch die Haare kurz schneiden. Aber das würde Ärger geben. Ihre Mutter kann mit dem neumodischen Zeug überhaupt nichts anfangen. Nur ihr Vater hat sie im Geheimen seine Arbeitshose anziehen lassen, als sie ihn darum gebeten hat. Damit ist sie, sehr zur Freude ihres kleinen Bruders, durch den Keller gestapft und hat derbe Militärlieder nachgesungen, die sie beim verbotenen Horchen am Fenster des Cafés de la Paix die Soldaten singen hören hat.

Leider ist sie von ihrem Bruder verpetzt worden, da sie ihn nicht die Arbeitshose des Vaters anziehen lassen hat. So ist sie von der Mutter zur Rede gestellt und zur Strafe zum Stopfen von Sockenlöchern verknurrt worden.

Noch grösseren Ärger würden sie heute kriegen, wenn sie beide hier entdeckt würden. Schon einige Jahre wohnt ihre Familie in einem Hausteil im gleichen Gebäude wie auch Maries Familie eingemietet ist. Lange schon hat es Florence gereizt, die alten Gebäude der ehemaligen Fabrik am Ende ihrer Strasse auszukundschaften. Hier wuchern die Brombeerbüsche überall an den Mauern, ranken sich sogar den grossen Kamin hinauf. Die beiden folgen der Wand der Fabrik entlang und suchen einen Einstieg. Sie rütteln erfolglos an einem ebenerdigen Fensterladen, der fest zugenagelt ist. Florence geht weiter voran. Versucht es an einem zweiten. Er löst sich etwas. Sie zerrt daran, bald mit ganzer Kraft. Der Laden geht auf und muffige Luft empfängt die beiden Mädchen.

«Uh, das stinkt!», ruft Marie.

Im Innern hören sie ein Geräusch.

«Ob es hier Ratten gibt?»

Marie schaudert nur schon beim Gedanken daran.

«Flo'! Du bist eklig!»

Florence grinst und nimmt eine mitgebrachte Kerze sowie die Schachtel Streichhölzer aus der Rocktasche. Mit geschickten Bewegungen klaubt sie ein Streichholz aus der Schachtel und zündet es an. Mit der leuchtenden Kerze in der Hand, geht sie behutsam voran durch die Räume der Fabrik.

Einige vermoderte Holzkisten liegen am Boden. Hier ist wohl einmal die Spedition der Fabrik gewesen. Sie geht weiter und tritt in einen grösseren Raum, in dem am Boden noch Abdrücke von Maschinen zu sehen sind. Die Befestigungsschrauben hat man im Boden zurückgelassen. In der Ecke sieht Florence im Kerzenschein weitere kleine Kisten. Sie tritt sachte mit dem Fuss dagegen, so dass sie von einander rutschen.

«Schau Marie! Hier gibt es Kugeln!», ruft Florence begeistert und erschrickt sofort vom Echo ihrer Worte.

Sie finden viele kleine Steinkugeln in unterschiedlichen Farben. Einige sind grau, andere eher weiss, rötlich oder sandbraun.

«Oh, sind die schön! So glänzend und feingeschliffen», sagt nun Marie.

Florence entscheidet sich, als Erinnerung an ihr verbotenes Abenteuer eine Auswahl an Kugeln mitzunehmen. Sie steckt sie in ihre Rocktasche. Ansonsten ist das Fabrikgebäude leer und für die

Mädchen uninteressant. Sie verlassen die Räume wieder. Florence löscht die Kerze und drückt den Fensterladen wieder zu. Im Schutz der Steinmauer verharren sie kurz und achten darauf, nicht gesehen zu werden. Kurzerhand klettern sie wieder über den Zaun und gehen, wie wenn nichts gewesen wäre den kleinen Weg entlang in Richtung Stadt bis zu ihrem Haus. Florence wohnt ganz rechts, Marie in einem der Hausteile in der Mitte des Gebäudes.

Ganz vorne in der Strasse steht das Haus des alten Jeans, des früheren Posthalters. Die beiden Mädchen beschliessen, ihn zu besuchen, da er ihnen immer lustige Geschichten von früher erzählt.

Jean Debierre, wie der alte Jean mit vollem Namen heisst, ist einige Jahre zuvor aus dem Postdienst ausgeschieden, da seine Augen ihn mehr und mehr im Stich gelassen haben. Inzwischen komplett erblindet, wird er von seiner Tochter Monique gepflegt, die ebenfalls im selben Haus wohnt und deren Mann zwölf Jahre zuvor im Wald von Caures, im Norden von Verdun, sein Leben an die Deutschen verloren hat. Der alte Jean sitzt, sofern es das Wetter zulässt, in seinem Vorgarten, raucht Pfeife und erzählt vor seiner Bleibe vorbeikommenden Leuten gern Geschichten von früher.

«*Bonjour Monsieur Debierre*», begrüssen die Mädchen den früheren Posthalter, der soeben seine Pfeife frisch gestopft hat.

«Ist das Marie? Und Florence?», fragt er.

«Ja, wir sind es.»

«*Bonjour, les jeunes dames*», schäkert er, «ich hatte schon lange nicht mehr die Ehre.»

«Wir haben Ihnen etwas mitgebracht. Ein Rätsel», sagt Florence und drückt ihm eine der kleinen Steinkugeln in die Hand.

Der alte Jean befühlt die Kugel langsam mit seinen Fingern und zieht gleichzeitig an seiner Pfeife, die gar noch nicht brennt. Er hält die kleine Kugel an seine Nase.

«Ich habe eine Idee. Woher habt ihr die Kugel?»

«Aus der alten Fabrik am Ende der Strasse», plaudert Marie aus.

«Marie, du darfst nicht…», herrscht Florence sie an.

Marie errötet.

«Soso, aus der alten Fabrik», wiederholt nun der alte Jean, «dachte ich es mir doch.»

Die Mädchen rücken gespannt näher an ihn heran.

«Wo die alte Fabrik heute steht, ist lange eine Fliesenfabrik gewesen», beginnt er zu erzählen, zündet sich die Pfeife mit einem Streichholz an, zieht an ihr und bläst eine dicke Rauchwolke in die Luft.

«Es war etwas nach 1875. Ich trug eben meine ersten Briefe aus, als dort zwei Herren aus Strassburg anstelle der Fliesenfabrik eine neue Fabrik zur Produktion von Steinmurmeln für Kinder errichteten. Kurz darauf bekamen sie auch die Genehmigung für den Betrieb einer Dampfmaschine. Daher steht da auch noch ein grosser Kamin.»

«Murmeln? Aus Stein?»

«Ja, aus Stein. Glasmurmeln waren dazumal noch nicht so weit verbreitet und Steinmurmeln konnte man aus verschiedenen Steinen schleifen. Für das Mahlen, Schleifen und vor allem Polieren wurden Maschinen verwendet, die von der neuen Dampfmaschine angetrieben wurden. Aber die Herren hatten sich finanziell übernommen. Das weiss ich ganz genau. Denn nur wenige Jahre später, das war anfangs der 1880er-Jahre, musste ich Zahlungsbefehle zustellen.

An einem Wintertag, es lag draussen ausserordentlich viel Schnee, wurde die Fabrik von einem Tag zum anderen stillgelegt. Die Arbeiter kamen morgens zur Arbeit und waren ausgesperrt. Es war ein grosses Drama für viele Familien damals. Von einem Tag auf den anderen. Nicht so wie heute in der Schraubenfabrik auf der Doubs-Insel, die jetzt einfach schrittweise verkleinert wird, sondern ohne jegliche Ankündigung von einem Tag auf den anderen.»

Florence wird nachdenklich. Von ihrem Vater hat sie gehört, dass die Schraubenfabrik, wo er als Werkzeugmacher arbeitet, wieder Abteilungen schliesst. Durch die dünnen Wände ihres Zimmers, das sie mit ihrem Bruder teilt, hat sie gehört, wie Vater deswegen geschimpft und Mutter geweint hat. Worte wie Umzug, Montbéliard und neue Stelle hat sie dabei gehört.

Der alte Jean fährt fort: «Später wurden die Maschinen verkauft und abgeholt. Ein Industrieller aus Belfort ersteigerte die Fabrikliegenschaft. Jahre danach wurde sie weiterverkauft, ohne dass jemand wieder eine Produktion aufgebaut hätte. Und dann kam der Krieg. Wem die Fabrik heute inzwischen gehört, weiss ich nicht mal.»

Florence und Marie bedanken sich beim alten Jean und verabschieden sich.

Am Abend, ihr Bruder schläft schon, nimmt Florence ihre für sie wertvollen alten Steinmurmeln hervor und bettet alle auf ein Stück Stoff in eine alte Blechschachtel für Pastillen, die sie in der Schule von Antoine, einem ihrer schüchternen Verehrer, geschenkt bekommen hat. Bevor sie die Blechschachtel schliesst, schreibt sie mit Bleistift auf einen kleinen Zettel:

billes en pierre pour enfants

Florence Melinat

Sie faltet den Zettel und legt ihn auf die Kugeln. Sie beschliesst, ihren Schatz vor ihrem kleinen Bruder zu verstecken, sobald er morgen aus dem Zimmer gegangen ist. Solange muss die kleine verschlossene Blechschachtel unter ihrem Kopfkissen verschwinden.

2

im September 2022

Am schlimmsten fühlt sich sein Hintern in der Fahrradhose an. Wie wenn er auf einem heissen Feuer-Grill liegen würde. Seine Hände sind eng verpackt in lederne Fahrradhandschuhe, mit schicken kleinen Gel-Pads, die die Schläge abfedern sollen. Aber er spürt seine Hände gar nicht mehr, ein leichtes Kribbeln vielleicht noch.

Es ist heiss. Bereits fünfundzwanzig Grad. Schweissperlen rinnen in unregelmässigen, glänzenden Bahnen von seiner Stirn und finden ihren Weg immer wieder in seine Augen. Dabei tragen sie Spuren der heute Morgen eingestrichenen Sonnencrème mit in die Augen. Sein Blick durch die aerodynamisch geformte Fahrradbrille ist starr ans Hinterrad von Anninas neuem Mountainbike geheftet. Hart drückt er seine Beine in die Pedale. Gegenwind aus westlicher Richtung bläst ihnen entgegen. Severins Atem geht rasch und er keucht laut vor Anstrengung. Das leise Surren der Räder auf dem Asphalt vermischt sich mit dem stetigen Windrauschen.

Ein Klingeln ertönt hinter ihm und Severin fährt weiter rechts, näher an den Grünstreifen, der den Kanal von der kleinen Strasse trennt, um Platz zu machen. Annina vor ihm tut dasselbe. Sie werden von einem laut schnatternden Rentnerpaar auf E-Bikes überholt.

Severin ist wütend. Wütend auf sich selbst, dass er dieser Fahrradreise überhaupt zugestimmt hat. Wütend darauf, dass er sich quälen muss, darauf, dass ihn sein Hintern, seine Beine, sein Rücken und seine Handflächen schmerzen. Wütend aber ist er auch, dass Annina scheinbar mühelos vor ihm fährt und den Wind durchschneidet, während er Mühe hat, ihr zu folgen. Und gleichzeitig werden sie auch noch von schwatzenden Rentnern auf ihren E-Bikes überholt.

Er stellt sich vor, wie es wäre, wenn er entkräftet und erschöpft einfach zu Boden gehen würde. Wie er auf den grünen Streifen fallen würde, wie sein Körper in der Mischung von Gras, Brennnesseln und Büschen aufschlagen und eine riesige Mulde hineindrücken würde. Sein Fahrrad würde mit dramatischem Überschlag in den Kanal fallen, zu den Schlingpflanzen, die am Rand im Wasser wuchern. Er würde ohnmächtig werden und nichts mehr mitbekommen, auch nicht die angsterfüllten Augen von Annina sehen, die sich Sorgen machen würde, die ihn ansprechen, aber keine Reaktion mehr erhalten würde, die die Notrufnummer wählen würde… Welche Nummer ist das auch wieder in Frankreich? Egal. Sanitäter würden kommen mit Blaulicht, würden seine Wunden verarzten, ihn vorsichtig auf die Bahre legen und irgendwann würde er im Spital in einem weiss bezogenen, weichen Bett mit grosser weisser Bettdecke aufwachen.

Als Zwanzigjähriger hatten ihn in der Rekrutenschule auch solche Gedanken umkreist. Einfach hinzufallen und ohnmächtig zu werden. Damals, als sie ihre ersten grossen Märsche absolvieren mussten. Die grossgewachsenen Rekruten wurden jeweils zuvorderst eingereiht. Die, die mit ihren langen Beinen scheinbar ohne Mühe voranschritten. Begleitet wurden sie von einem Korporal, der schon den Vorschlag für das Weitermachen in der Offiziersschule hatte. Rekrut Severin Kunz aber, mit einer Grösse von 176 Zentimetern einer der Kleineren, ging im hinteren Viertel des Marschtrupps. Dem letzten Viertel, neben dem Korporal Meyer lief und das von diesem dauernd angeschrien wurde.

«Kommt Leute, macht vorwärts! Es ist ja zum Einschlafen mit euch! Aufschliessen, Männer!», herrschte er sie an.

Korporal Meyer wollte unbedingt militärisch weiterkommen, hatte den Vorschlag dazu aber noch nicht erhalten. Er trug ein eingedrücktes Käppi. Es war damals Usus, den Willen für eine Militärkarriere zu signalisieren, indem man das Schiff seines Käppis vorne eindrückte, was dem Träger ein deutlich markanteres, gar aggressives Aussehen verlieh. Korporal Meyer war aggressiv und genoss es, seine Schützlinge anzuschreien.

Ebenfalls im hinteren Viertel der Marschierenden, also bei den Kleinen, lief der aus dem Aargauer Wynental stammende Rekrut Moser mit. Er war deutlich kleiner als Kunz, hatte einen kurzen Hals und trug Lockenhaar. Rekrut Moser war im Betrieb der Rekrutenschule überfordert und liess sich bei einem Zwanzig-Kilometermarsch plötzlich mit einem quietschenden Schrei der Erschöpfung fallen. Dabei fiel das von ihm vorher getragene Sturmgewehr in hohem Bogen durch die Luft und blieb im nahen Kartoffelacker mit dem Lauf voran stecken. Moser lag am Boden und atmete in kurzen und vor allem lauten Zügen in hoher Frequenz tief in die Lunge. Er hyperventilierte. Der ganze Zug kam zum Stillstand. Sanitätsrekruten kümmerten sich um den Kameraden, während die anderen Rekruten die Zeit für einen Schluck Tee nutzten. Rekrut Moser wurde danach mit dem dreiachsigen Pinzgauer mit rotem Kreuz-Aufdruck in die Kaserne gefahren, ins Krankenzimmer. Ab sofort war er, sehr zu seinem Leidwesen, kasernenweit bekannt unter dem Namen Hyper-Moser.

Severin hat in seine Gedanken vertieft den Anschluss an Anninas Hinterrad verpasst und versucht, wieder aufzuschliessen. Zusätzlich zur Anstrengung brennen ihn nun auch die Augen und an ein Einholen ist nicht mehr zu denken. Er beschliesst, sich nicht zu Boden fallen zu lassen, denn er hat Angst vor den Folgen, sondern einfach anzuhalten und Annina weiterfahren zu lassen. Bei einer Holzbank steigt er ab, lehnt sein Fahrrad von hinten an die Lehne und setzt sich hin.

Sie haben sich lange auf ihre Ferien gefreut. Es sollte etwas Spezielles werden. Mit dem Fahrrad dem Canal du Rhône au Rhin folgen – schön gemütlich, zumeist flach. Das ist der Kompromiss gewesen.

Annina hat sich Aktivferien so vorgestellt: Sich bewegen können und vielleicht auch mal einen Pass bezwingen. Abends würden sie ausgekotzt vor Anstrengung in einem Strassenkaffee auf ein Bier gehen, danach auf dem Campingkocher Pasta kochen und nach einer erfrischenden Dusche ins mitgebrachte kleine Zelt kriechen, um die Pläne für den nächsten Tag zu schmieden.

Das ist aber gar nicht nach Severins Geschmack gewesen. Viel lieber hätte er einen Städtetrip gemacht. Nach Paris oder so. Etwas Shopping, etwas Kultur, guter Wein und anständiges Essen ist mehr seine bevorzugte Welt.

Den Kompromiss haben sie hart verhandelt. Flache Strecken mit dem Fahrrad sollten es sein. Severin hat bereits voraus die Übernachtungen in guten Hotels und vor allem in grösseren Städten an der Strecke gebucht.

Von grösseren Städten ist Severin Kunz jetzt aber weit entfernt. Er sitzt auf der kleinen Holzbank und reibt sich mit einem Papiertaschentuch das Brennen aus den Augen.

Er blickt sich um. In seinem Rücken befindet sich eine zweigleisige Eisenbahnstrecke. Genau vor ihm liegt die Einfahrt zu einer Schleuse des Kanals, den er jetzt in östlicher Richtung weit überblicken kann. Zu seiner Linken befindet sich ein verlassenes Schleusenwärterhaus, eingepfercht zwischen Bahnlinie und Kanal.

Ein junges Paar in bunten Fahrradkleidern fährt auf E-Bikes an ihm vorbei. Sie grüssen Severin, der ihnen kurz zunickt. Er muss auch weiter, heute noch bis Besançon. Noch gute vier Stunden sind es auf dem Fahrrad dahin.

'Mist! Das war eine blöde Idee, nur in grossen Städten zu übernachten!', schilt er sich selbst.

Seufzend nimmt er das Fahrrad zur Hand. Er setzt seinen Helm und die Fahrradbrille auf, steigt in die Pedale und fährt los. Er überquert die Strasse, die den Kanal und die Bahnstrecke kreuzt und folgt weiter der kleinen Kanalstrasse entlang.

Sofort vermischt sich wieder das Surren der Räder auf dem Asphalt mit dem Windrauschen. Severin hofft, dass Annina im nächsten Ort merkt, dass sie ihn verloren hat. Bald überquert die Bahnstrecke auf einem Viadukt den Kanal, der gleichzeitig einen Knick nach links macht. Eine einzeln fahrende Triebwageneinheit überquert das Viadukt genau im Moment, als Kunz untendurch fährt und nach links dem Kanal weiter folgt. Die Strecke geht nun dem Wald entlang. Weit vorne sieht er das Paar in den bunten Kleidern, das ihn eben überholt hat, am Boden kauern.

Er fährt weiter und sieht, dass daneben zudem jemand mit rotem Helm am Boden liegt und sich den Arm hält. Davor liegt ein Mountainbike auf der Strasse, wie wenn es jemand weggeworfen hätte. Severin Kunz kriegt es mit der Angst zu tun. Er tritt in die Pedale und erreicht atemlos die Gruppe.

3

im April 2023

Nie wieder wird sie denken, das Leben sei langweilig.

Annina Stocker legt ihre Stirn in Falten und sucht nervös in ihrer Hosentasche nach der Zigarettenpackung. Doch sie raucht nicht mehr, seit fünf Monaten schon. Also sind dort auch keine Zigaretten zu finden. Sie atmet tief durch. Was sie gerade erlebt hat, kann gefährlich werden. Sie setzt sich auf einen Stuhl am Esstisch, legt die Ellbogen angewinkelt auf den Tisch und bettet den Kopf in ihre Hände.

Eben noch hat sie über ihre Beziehung zu Severin nachgedacht. Hat sich vor dem gemeinsamen Leben gefürchtet, vor dem Alltagstrott, in dem sie gefangen scheinen, vor der Langeweile. Und jetzt? Jetzt packt sie plötzlich die Eifersucht.

Sie steht auf, schaut zur Haustür, die sie eben geschlossen hat, dreht sich nach rechts und geht zum offenen Wohnzimmerbereich. Helles Frühlingslicht tritt durch die Fenster und durch die verglaste Tür zur Terrasse und lässt das geölte Birnenbaumparkett schimmern. Sie haben den Winter über das Wohnzimmer renoviert. Bei dieser Gelegenheit ist auch der alte, inzwischen abgewetzte Sessel von

Severins Grosstante Berta entfernt und durch eine schlichte kamelbraune Liege ersetzt worden. Darauf legt sie sich nun und zieht ihre in lockere Trainingshose gekleideten Beine eng an sich heran. Noch ein paar Monate und sie wird vierundvierzig Jahre alt. Annina seufzt. Sie fühlt sich älter und unfitter als je zuvor.

Vor zwei Jahren hat sie ihre eigene Firma geschlossen. Schliessen müssen. Die langjährigen Kunden ihrer Webagentur haben schrittweise zu grösseren Agenturen gewechselt oder kümmern sich inzwischen selber um die Pflege der Webseiten. Am Schluss sind noch drei kleinere, ländliche Einwohnergemeinden in der Region Olten übriggeblieben, die ihre Dienste in Anspruch genommen haben. Mit der Schliessung ihrer Ein-Frau-Firma ist auch das liebgewonnene Büro in der Bürogemeinschaft eines Businessparks im Oltner Industriequartier weggefallen. Diesen Rückzugsort vermisst Annina schmerzlich. Zwar ist ihre neue Stelle bei einer mittelgrossen Agentur trotz 80%-Pensum finanziell deutlich lukrativer, aber die Arbeit im Grossraumbüro fühlt sich nicht so unbeschwert an. Wenn immer sie kann, arbeitet sie deshalb von zuhause aus. Diese Möglichkeit sieht ihre Arbeitgeberin seit der Virus-Pandemie ausdrücklich vor.

Heute aber ist ihr freier Tag. Es ist Montag. Severin ist wie immer morgens um sieben Uhr dreissig zur Arbeit gegangen. Sie hat sich noch einmal im Bett umgedreht und in der Folge bis zehn Uhr geschlafen. Danach hat sie sich die Trainingshose und einen Kapuzenpullover angezogen und ist nach unten in die Küche gegangen. Sie hat gerade ihren ersten Kaffee des Tages ausgetrunken, als es an der Tür geklingelt hat. Vor ihr ist eine ähnlich grosse Frau mit graumelierten lockigen Haaren und grünen Augen gestanden, die sie mit einem starken englischen Akzent angesprochen und nach Severin gefragt hat.

Annina lässt ihren Blick über den Garten zur Martin-Disteli-Strasse schweifen. Gedankenverloren nimmt sie ihr Mobiltelefon in die Hand und wählt im Anrufverlauf Severins Nummer.

4

Severin Kunz schaut sich am Bildschirm die Kontenbewegungen des Kontos 'Bussen Schüler' an. Zwei Sachen ärgern ihn. Einerseits, dass er es noch immer versäumt hat, die Kontenbezeichnung genderneutral in 'Bussen Lernende' umzubenennen und andererseits, dass der Name Leo Maurer unter den Buchungen mehrfach erscheint. Der Grund für die Einträge ist häufiges Zuspätkommen des achtzehnjährigen Malerlehrlings zum Unterricht an der Gewerblich-Industriellen-Berufsfachschule im Berufsbildungszentrum. Die Verfehlungen werden nach einer gewissen Toleranz mit Bussen von zwanzig Franken sanktioniert. Im vergangenen Semester ist dies bei Leo Maurer insgesamt elf Mal vorgekommen. Nach dem dritten Mal wird auch der Arbeitgeber des Lehrlings informiert. Bei Leo Maurer ist dies das Malergeschäft Karl Maurer GmbH, das dessen Vater gehört. Severin vermutet, dass die Meldungen jeweils ungelesen im Abfall landen. Kunz schaut zusätzlich im elektronischen Schulverwaltungssystem nach. Ganze achtzehn Mal sind für dieses Schuljahr bereits unentschuldigte Absenzen wegen Zuspätkommens erfasst.

Severin legt die Stirn in Falten. Er lässt seine Hand unter den Schreibtisch wandern, wo sie das Fell von Hardy krault. Der inzwischen siebenjährige Jack-Russel-Mischling lässt wohliges Grunzen ertönen. Das Tier gehört Severins Mutter

Madeleine, die mit ihrem Partner im Reise-Car für zwei Wochen an die Costa Brava in den Urlaub gefahren ist.

Eigentlich sind Tiere am Berufsbildungszentrum nicht erlaubt, ausser sie gehörten zum Unterrichtsstoff des Lehrgangs für Tierpflegerinnen und Tierpfleger. Aber da im Moment an der Berufsschule Frühlingsferien sind und auch der Direktor abwesend ist, hat sich Kunz erweichen lassen, den Hund ein paar Tage zu hüten. Dies gefällt anscheinend auch Hardy, der zumindest diesen Morgen im Administrationsbereich des Bildungszentrums schlafend unter Kunz' Schreibtisch verbringt. Severin wird ihn in der Mittagspause spazieren führen.

Severins Blick richtet sich wieder auf das Konto mit den erteilten Bussen. Seit zwei Jahren arbeitet er an der Berufsschule nicht nur als Leiter Finanzen, sondern gibt inzwischen selbst ein paar Lektionen Unterricht im Fach Allgemeinwissen. Was einst als Notlösung für zwei Wochen angedacht gewesen ist, weil der entsprechende Lehrer krankheitshalber ausgefallen ist, hat in wöchentlich einen Tag Unterricht gemündet. Dabei hat er mit dem Malerlernenden Leo Maurer auch schon regelmässig das Vergnügen gehabt. Severins Meinung nach ist der Bursche blitzgescheit und trotzdem ein ewiger Störenfried. Er muss unbedingt ernsthaft mit ihm reden.

Severins Mobiltelefon lässt die Marseillaise erklingen. Er nimmt den Anruf entgegen.

«Severin, sitzt du?», fragt Annina.

«Was gibt's?»

«Du errätst nicht, wer eben bei uns geklingelt hat.»

«Wer?»

«Deine Ex.»

«Welche Ex?», fragt Severin ungläubig.

«Wie viele Exen hast du?»

«Leah?»

«Genau.»

Severin Kunz denkt angestrengt nach.

«Was wollte sie?»

«Dich.»

«Wie mich?»

«Sie hat gefragt, ob du zuhause bist», erklärt Annina, «und ich habe ihr gesagt, dass du arbeitest und erst abends wieder zuhause bist.»

Severin ist gestresst.

«Und?»

«Sie wird wohl heute Abend wiederkommen, wenn du da bist. Gesagt hat sie nur *see you later*.»

«Okay», antwortet Severin, ohne das wirklich in Ordnung zu finden.

«Ja, okay», sagt nun Annina und ergänzt schnippisch, «*see you later.*» Dann beendet sie das Gespräch.

Severin ist inzwischen heiss geworden. Auf seiner Stirn perlt Schweiss. Unter dem Tisch knurrt nun Hardy, der bemerkt hat, dass die kraulende Hand sich nicht mehr bewegt.

5

Es war im Frühling 1989, als Severin Kunz Leah das erste Mal traf. Kurz nach dem Abschluss seiner kaufmännischen Lehre war Kunz für einige Wochen nach Irland gegangen. Ohne Plan und ohne Endtermin reiste er, nur mit Rucksack und Schlafsack ausgestattet, durch die grüne Insel und genoss die neugewonnene, grosse Freiheit, weg von Ausbildung, weg vom Arbeiten und weg von seinem spiessbürgerlichen Elternhaus. Er zählte knapp neunzehn Jahre und es waren die ersten Schritte in wirklicher Unabhängigkeit in seinem noch jungen Leben.

Leah O'Brian, damals achtzehnjährig, kam aus Letterkenny im Norden Irlands. Auch wenn Letterkenny, immerhin Hauptstadt der Grafschaft Donegal, in dieser Gegend einigermassen bedeutend war, langweilte sich Leah hier. Zusammen mit ihren Schulfreundinnen witzelte sie darüber, dass ihre Zukunft wohl in der Schafzucht oder Landbewirtschaftung liegen würde. Dabei rümpften sie die Nasen und verdrehten die Augen. Sie alle träumten von der grossen weiten Welt.

Leah wuchs mit einem älteren Bruder in einem streng katholischen Elternhaus auf. Während ihre Mutter Christine als Krankenschwester im St. Conal's Hospital arbeitete, verdiente ihr Vater Daniel sein mageres Gehalt als Mechaniker für

Landwirtschaftsmaschinen bei einem kleinen Landmaschinenhändler am Stadtrand von Letterkenny.

So sehr Leah ihre Eltern liebte, so sehr hasste sie das Potpourri der Gerüche aus Desinfektionsmitteln und Altöl. Das eine haftete an Mutters Arbeitsmantel, das andere an Vaters Überkleid. Speziell der strenge Geruch nach altem Maschinenöl war kaum auszuhalten und führte dazu, dass Leah sich angewöhnte, nur durch den Mund atmend durch den Eingangsbereich ihres Hauses zu gehen.

Am schlimmsten aber war die sonntägliche Pflicht zum Kirchenbesuch. Es gab keine Diskussion darüber. Jeden Sonntag kurz nach neun quetschte sich die ganze Familie in den Ford Escort und fuhr zur St. Eunan's Cathedral. Hier vollzog sich ein immer gleiches Ritual. Ihr Vater trat vorab durch die grosse Pforte mit den schweren Holztüren, gefolgt von ihrer Mutter und ihrem Bruder Sean. Am Schluss folgte sie selbst. Sie gingen zum steinernen Becken an der Wand, um sich mit Weihwasser ein Kreuz auf Kopf und Brust zu zeichnen, wobei Leah dabei stets vor sich hinmurmelte: «oben-unten-links-rechts». Ihr Vater führte sie nun zu den vorderen Bänken, als wäre man ein besserer Mensch, wenn man bei der Heiligen Messe näher am Altar sässe. Hier harrte Leah jeweils aus und machte das ganze Prozedere des Gottesdienstes mit. Sie stand auf, wenn sie musste, setzte sich, wenn die anderen sich setzten, legte sich mit den Knien auf den dafür vorgesehenen Holzbalken, wenn ihr Vater es vormachte und bewegte die Lippen zum Schein, wenn aus den schweren schwarzen Liederbüchern, welche auf der Seite der Bänke gestapelt waren, gesungen wurde. Da sie fast zuvorderst sassen, waren sie beim Schluss der Messe auch bei den ersten, die dem Priester zum Ausgang folgten. Von den anderen Kirchgängern wurden sie dabei gemustert. Vor dem Ausgang der Kathedrale reichte der Pfarrer jedem Einzelnen von ihnen die Hand, gab seinen Segen und blickte Leah mit seinen Augen scharf an, so dass sie jedes Mal froh war, wenn er sich dem nächsten Kirchgänger zuwandte.

Meistens drängte nun der Vater zum Aufbruch, so dass Leah sich nur kurz mit ihren Freundinnen, die auch zur Kirche mussten, treffen konnte. Sie setzten sich wiederum in den Escort und fuhren zurück zu ihrem gelben Mittelreihenhaus mit dem steril geputzten Vorplatz, wo danach die Vorbereitungen fürs sonntägliche Mittagessen begannen.

Als Leah ihr Junior Certificate am Ende der normalen Schulzeit abschloss, war für sie klar, weg von hier in eine der grossen Städte Irlands zu ziehen, um zu studieren. Sie bewarb sich am University College in Cork. Hier, im Süden, in der zweitgrössten Stadt Irlands, die zehn Mal grösser als Letterkenny war, hoffte sie auf ein lebendiges Leben ohne Kirchenbesuche und Landwirtschaft, ohne Altöl-Geruch und Desinfektionsmittel. Ausgestattet mit einem kleinen, zinslosen Darlehen ihrer Heimatstadt zog sie in eine Wohngemeinschaft mit anderen Studierenden und belegte Psychologiekurse am University College. Um sich etwas mehr finanzielle Freiheit zu verschaffen, heuerte sie für ihre vorlesungsfreien Tage im O'Leary-Inn an, einem Pub im Vorort Tinkers Cross. Hier lernte sie das Zapfen von Stout und Cider und servierte die von der Küche zubereiteten Gerichte. Das Lokal wurde aufgrund der ordentlichen Portionen zum moderaten Preis von einheimischen Handwerkern geschätzt, aber hin und wieder auch von Touristen besucht.

Aktuell waren Osterferien an der Uni, so dass Leah ihr Arbeitspensum erhöhen konnte. An diesem Donnerstag wäre eigentlich ihr freier Tag gewesen. Tony der Inhaber hatte sie jedoch schon in der Früh angerufen, ob sie trotzdem für eine erkrankte Kollegin einspringen könnte. So war sie also schon bald wieder an der Arbeit, zapfte Guinness und wischte mit einem Lappen die dunkelbraunen Holztische ab. Die Mittags-Rushhour war schon vorüber, als ein gutaussehender Bursche mit kurzen Haaren, buschigen Augenbrauen und Dreitagebart seinen grossen Rucksack an die Wand lehnte und sich an einen freigewordenen Tisch beim Fenster setzte.

Der neue Gast bestellte bei ihr einen Cider. Er fragte, ob er noch etwas essen könne und orderte ein Stew.

«Sicher?», fragte Leah.

«Warum sollte ich es nicht nehmen?», fragte der Gast zurück.

«Nun ja, Stew ist zwar eine typisch irische Spezialität, aber es sind halt hauptsächlich Touristen, die es essen wollen, deshalb steht es auch draussen auf der Tafel angeschrieben.»

«Dann bestelle ich das, was du auch bestellen würdest», sagte der Bursche schlagfertig und lächelte leicht irritiert.

Sie bestätigte mit einem Augenzwinkern, ging zur Theke und begann den Cider ins Apfelweinglas zu zapfen. Sie spürte, dass seine Augen auf ihr ruhten, wartete einen Moment, drehte ihren Kopf und schickte ihm einen Blick zurück. Errötend senkte er seinen Kopf und beschäftigte sich rasch mit dem vor ihm liegenden Bierdeckel. Leah lächelte und schickte die Bestellung für das aktuelle Tagesmenü in die Küche. Minuten später brachte sie dem Gast einen grossen Teller mit drei Scheiben lang gegartem Speckkragen mit Senfglasur, Pastinaken- und Frühlingszwiebelpüree, Karottenpüree, viel crèmiger Lauchsauce und geschmortem Kohl.

«Iss», sagte sie zu ihm.

Der Bursche bestätigte dankbar und tauchte seine Gabel in Sauce und Püree.

Etwas später leerte sich der Pub. Es war wie jeden Tag. Zwischen vierzehn Uhr und sechzehn Uhr war tote Zeit und es gab nur wenige Gäste. Als der junge

Gast seinen Teller leer hatte, setzte sich Leah zu ihm und sagte: «Erzähl.»

Sie erfuhr, dass er Severin hiess. Er erzählte ihr von seiner Lehre, was sie so nicht kannte, und berichtete, dass er vor Cork mehrere Tage in Dublin war. Danach zeigte er ihr auf seiner Irlandkarte, was er alles noch vorhatte auf seiner Reise. Anscheinend war er früher schon mal hier im Urlaub gewesen, mit seinen Eltern.

Leah war hin und weg. Nie war sie mit ihren Eltern gereist und jetzt hörte sie von all den berühmten irischen Orten wieder, von denen sie in der Schule gehört hatte, aber die sie noch nie hatte besuchen können.

«Connemara wollte ich schon immer mal sehen!», ereiferte sie sich.

«Dann komm doch einfach mit.»

«Ich überlege es mir», antwortete sie und in ihrem Kopf wuchs ein Plan.

Später sprach sie mit Tony, der etwas gekränkt war. Seine neue Mitarbeiterin hatte sich gut auf den Geschäftsgang seines Pubs ausgewirkt. Am nächsten Morgen stand Leah mit gepacktem grossen Rucksack am Busbahnhof von Cork und wartete auf Severin.

6

im September 2022

Das *centre médicale* in Vraie-Croix-sur-le-Doubs ist ein eingeschossiger Bau aus den frühen 1980er-Jahren mit einem grossen seitlichen Parkplatz. Es liegt an einer Einfallstrasse in die kleine Stadt. Das Wartezimmer mit den grossen Fensterflächen ist mit Nachmittagslicht durchflutet. Severin Kunz sitzt im Wartezimmer und liest. Den heutigen L'Est Républicain in der Hand, versucht er mit seinem etwas eingerosteten Französisch einen Artikel zu verstehen, der vom Prozessbeginn gegen Mitwisser des Terroranschlags in Nizza sechs Jahre zuvor handelt. Betroffen von den Bildern, die weinende Angehörige von Opfern, die Schneise der Verwüstung und Berge von Blumen am Ort des Geschehens an der Promenade des Anglais zeigen, faltet er die Zeitung zusammen und legt sie zurück auf den kleinen Steintisch in der Mitte des Raumes. Kunz legt seine Stirn nachdenklich in Falten.

Annina hatte Glück im Unglück gehabt. Als Severin zur Unfallstelle kam, sprach die Frau des farbig angezogenen Fahrradfahrer-Paars bereits mit Annina. Diese hielt sich mit Tränen in den Augen den Arm und blickte verwirrt.

«Sie hat wohl den Arm gebrochen», sagte die Frau in Deutsch zu Severin, «und scheint sich den Kopf gestossen zu haben.»

Severin kniete sich nieder und rief: «Annina! Was ist passiert?»

«Ich weiss nicht. Der Arm tut weh.»

«Kannst du aufstehen?»

Annina richtete sich mit ihrem unverletzten Arm am Boden abstützend auf. Zusätzlich gestützt von Severin und der Frau stand sie auf.

«Wo bin ich?», fragte sie.

«In Frankreich, am Kanal», antwortete Severin.

«Nicht mehr in Montbéliard?»

«Nein, wir sind heute schon eine ganze Weile geradelt.»

«Ich erinnere mich nicht.»

Kunz kam eine Idee und er fragte: «Wann hast du Geburtstag?»

Annina dachte nach.

«30. September», stammelte sie dann, und ergänzte nach einer kleinen Pause, «1979».

«Gut!», rief Severin Kunz erleichtert und ergänzte, «du scheinst zwar eine kleine Lücke zu haben, aber weisst noch viel.»

«Sie sollte unbedingt zum Arzt», sagte die Frau, welche sich als Inga vorstellte.

Kunz nickte bestätigend.

Von weiter vorne eilte ein Fischer in olivfarbener Bekleidung herbei, dessen Angelrute am Kanal auf einer Stütze blieb. Er hatte die Menschengruppe und die am Boden liegende Annina gesehen und fragte nun, ob er sie zum Doktor fahren solle. Sie nickten.

Er holte seinen Citroën Berlingo Transporter, der im Gras neben dem für den Motorverkehr verbotenen Kanalweg geparkt war. Gemeinsam halfen sie Annina einzusteigen und sich auf den rechten Vordersitz zu setzen. Der Fischer öffnete die beiden Heckflügeltüren des Transporters, ging zum am Boden liegenden Mountainbike von Annina, hob es mitsamt der Gepäcktasche hoch und legte es in den Frachtraum.

«*Centre médicale* à Vraie-Croix-sur-le-Doubs», sagte er und wies mit dem Arm in ihre Fahrtrichtung.

Severin nickte und zeigte fragend auf die Angelrute.

«*Le poisson mord même sans moi*», antwortete der Fischer achselzuckend.

Der Transporter fuhr los und Severin Kunz folgte ihm mit dem Fahrrad, nicht ohne sich vorher bei

Inga und ihrem Partner für ihre Hilfe bedankt zu haben.

Im *centre médicale* leuchtete eine Ärztin zuerst Anninas Augen ab.

«Sie scheinen eine leichte Hirnerschütterung zu haben», erklärte sie den beiden und Kunz nahm den Ausdruck *commotion cérébrale* sofort in sein Französischwissen auf. «Der Arm muss aber noch einen Augenblick warten, da noch andere Patienten versorgt werden müssen. Ich kann Ihnen fürs Erste ein Schmerzmittel geben, wenn sie wollen.»

Annina nickte dankbar.

Gut zwei Stunden mussten sie in der Folge in einem Praxiszimmer mit Liege warten. Severin wurde von der Ärztin gebeten, Anninas Zustand zu überwachen und sofort Alarm zu schlagen, wenn ihm etwas auffiele. Vor einer Stunde dann, war Annina von einem Assistenten geholt und zum Röntgen gebracht worden.

Severin hört im Gang eine Tür gehen, begleitet von Anninas Lachen. Einen Moment später erscheint Annina in der Wartezimmertür. Der Arm ist im Gips, weiss verbunden und gehalten von einer blauen Trageschlaufe, welche um Anninas Hals gelegt ist.

«Gehen wir? Ich habe Hunger», erklärt Annina.

Gemeinsam verlassen sie das Gebäude und gehen zu Severins Fahrrad. Severin hängt auch Anninas

Gepäck an sein Velo. Jules, der Fischer hat angeboten, Anninas Mountainbike zur Fahrradwerkstatt am Rand von Vraie-Croix-sur-le-Doubs zu bringen und die beiden haben dies dankbar angenommen.

Annina und Severin folgen der Strasse ins *centre ville* und setzen sich an einen freien Tisch des Cafés de la Paix, dessen grüne Markise weit ausgefahren ist und Schatten spendet. Mit dem Hinweis, dass es schon nach 14 Uhr ist, eröffnet ihnen der Wirt, dass er nur noch Sandwiches anbieten kann. Der grossgewachsene Mann in den Sechzigern mit Furchen im Gesicht, die vermutlich auf das Rauchen vieler Gauloise-Zigaretten zurückzuführen sind, ergänzt mit einem Grinsen im Gesicht: «Also eigentlich gibt es hier sowieso nur Sandwiches, allenfalls morgens noch Croissants oder nachmittags etwas Kuchen. Ich betreibe ja auch kein Restaurant, sondern ein Café.»

Die beiden bestellen sich also Sandwiches, Annina wegen des eingenommenen Schmerzmittels ein Vittel und Severin ein blondes Bier *en pression* dazu.

«Es scheint, als stecken wir in Vraie-Croix-sur-le-Doubs fest», brummt Annina eifrig kauend ein paar Minuten später.

Severin Kunz hebt fragend die Augenbrauen.

«Ich muss am Dienstag nochmals zur Kontrolle ins *centre médicale*. Montags ist es zu und davor ist

Wochenende. Ausserdem werde ich wohl leider mit dem Gips zurzeit eher nicht Fahrradfahren können.»

Severin nickt.

«Oder soll ich?», fragt Annina mit einem zwinkernden Auge.

«Ums Himmelswillen, nein!»

Der Wirt des Cafés de la Paix räumt ihre Teller ab und fragt, ob sie noch einen Kaffee wünschen. Sie bestellen zwei *p'tits cafés* und nutzen gleich die Gelegenheit, nach einem Hotelzimmer oder einer Ferienwohnung zu fragen.

«Es gibt kein Hotel mehr in Vraie-Croix-sur-le-Doubs. Das Marine ist schon seit 1984 zu, eine Folge der neuen Autobahn. Ein Bed and Breakfast hat es bis vor kurzem gegeben, aber die Besitzer sind nun in Rente gegangen. Das Camping vermietet Mobil Homes. Sie könnten da Glück haben, da die französischen Sommerferien seit letzter Woche vorüber sind. Ausserdem vermietet die Schwester meiner Ex-Frau noch ein Fremdenzimmer, allerdings ohne Frühstück. Soll ich nachfragen?»

Annina bestätigt. Der Wirt geht an die Bar, holt das schnurlose Telefon und zündet sich eine Zigarette an. Severin und Annina sehen ihn wild gestikulieren und dann ruft er den beiden zu: «fünfzig Euro die Nacht, Doppelbett im Zimmer, Badezimmer im Korridor!»

Annina nickt und Severin hebt bestätigend den Daumen. Der Wirt spricht ins Telefon, lacht und bringt das Telefon wieder an die Bar zurück. Beim Bezahlen nennt er den beiden die Adresse seiner Schwägerin Lolo. Er fragt nach Anninas Gips und bezeichnet ihn in der Folge kichernd als Souvenir aus Vraie-Croix-sur-le-Doubs.

7

Es ist kurz vor sechzehn Uhr, als Annina und Severin, samt verbliebenem Fahrrad und Gepäcktaschen am Posten der Gendarmerie National vorbei die Rue Aristide Briand hochgehen, bis sie vor der Nummer 65 stehen. Ein schmuckes Einfamilienhaus mit Garten empfängt sie. Der Garten ist durch eine gepflegte Hecke von der Strasse abgetrennt. Eine kurze Treppe führt zu einem kleinen verglasten Vorraum, wie man ihn in Frankreich vor Haustüren vielfach antrifft. Severin stellt das Fahrrad an die Hausmauer und schon werden sie von der Hausbesitzerin empfangen.

«Herzlich Willkommen. Ich bin Lauriane, aber nennt mich bitte Lolo, wie jede und jeder im Ort. Gigi, mein Schwager, hat nicht zu viel versprochen, als er mir einen Arm im Gips angekündigt hat», begrüsst sie ihre Gäste und lacht heiter.

Sie gehen ins Haus und Lolo zeigt den beiden das geräumige, saubere Zimmer sowie das Bad auf dem Gang.

«Falls ihr etwas essen möchtet am Abend: Wir haben in Vraie-Croix-sur-le-Doubs eine Pizzeria am Marktplatz, zwei Pizza-Bäcker und einen Kebab-Laden, alle *restauration rapide* mit Kurier. An der Hauptstrasse in Richtung Besançon gibt es noch das Cigale. Es bietet feine französische Küche, Spezialität ist *friture de carpe*», schwärmt Lolo und ergänzt sogleich, «die könnt ihr etwas weniger schick und gemütlich aber auch im Restaurant des neuen Supermarkts bekommen.»

Severin und Annina bedanken sich und ziehen sich zurück, um sich kurz zu erholen und zu duschen. Doch einen Moment später klopft es bereits wieder an die Tür. Lolo nochmals.

«Fast hätte ich es vergessen. Morgen ist der wöchentliche Markt hier im Ort, auf dem Marktplatz natürlich. Hier gibt es viele lokale Produkte zu kaufen», sagt sie eifrig und so schnell, wie sie gesprochen hat, will sie auch schon wieder verschwinden.

Annina ruft: «Halt, Lolo! Hätten Sie vielleicht einen Plastiksack für mich?». Sie zeigt auf ihren Gipsarm. «Duschen würde damit vielleicht besser gehen.»

«Klar, Plastiksack! Und Klebeband, damit kein Wasser reinfliesst. Ich lege beides in das Badezimmer», antwortet Lolo und schon ist sie verschwunden.

8

im April 2023

Hardy kläfft nervös und reisst an der ausfahrbaren Leine als Severin Kunz die Tür der Gewerblich-Industriellen-Berufsfachschule aufstösst. Zusammen gehen sie die Treppe hoch an die Bifangstrasse, an der am Samstag jeweils der Markt stattfindet. Er überquert die Strasse und schon erleichtert sich Hardy bei den Büschen des Sportplatzes. Severin zieht den Hund nach rechts und sie erreichen die Riggenbachstrasse. Severins Ziel ist der Vögeligarten, ein kleiner Park hinter der Friedenskirche.

Unkonzentriert ist er heute Morgen gewesen. Die ganze Zeit hat er an den Anruf von Annina denken müssen. Leah ist in der Stadt. Eine kribblige Aufregung ist in ihm entstanden und hat seine Gedanken dauernd in die Vergangenheit fallen lassen. Wie sie wohl aussieht? Immerhin hat er sie schon viele Jahre nicht mehr gesehen. Sie muss sicher auch älter aussehen. Dass er selber älter geworden ist, sieht er jeden Morgen im Spiegel, auch wenn er durchaus zufrieden ist mit seinem Spiegelbild. Aber Leah, fast zwanzig Jahre später? Er versucht sich vorzustellen, wie sie aussehen könnte. Doch es gelingt ihm nicht. Er erinnert sich nicht, kann das Gesicht nicht in seinem Hirn abrufen. Bei Frauen gelingt ihm das nicht.

Hin und wieder geschieht es, dass er frühere Schulkameraden beim Einkaufen in der Migros sieht. Rolf, der Sohn des Fliesenlegers oder Tiziano, der jeweils im Unterricht bei Lehrer Fahringer die Lachanfälle gehabt hat, Studer, von dem er den Vornamen vergessen hat und der damals in der Schulzeit schon etwas füllig gewesen ist. Sie sind alle etwas breiter, etwas grauer, etwas faltiger geworden. Aber sie sind immer noch die, die er in der Schulzeit gekannt hat. Er erkennt sie. Sie ihn wohl nicht. Auf jeden Fall reagieren sie nie. Und Kunz lässt sie in ihrer Unwissenheit. Aber bei Frauen gelingt ihm das nie. Er kann sich nicht erinnern, jemals eine seiner Mitschülerinnen von früher in der Stadt getroffen zu haben.

Immer wieder in den vielen Jahren seit ihrer Trennung hat er versucht ein Bild von Leah zu finden. Hat ihren Namen in die Google-Suche eingegeben, in Facebook und anderen sozialen Netzwerken gesucht. Leahs Bild ist verborgen geblieben. Die wenigen Bilder von früher hat er irgendwann in seinem Schwedenofen verbrannt. Nur ihre Kappe ist ihm geblieben. Eine Baseball-Mütze, die sie jeweils getragen hat und Jahre nach ihrer Scheidung noch bei seiner Mutter aufgetaucht ist. Diese Mütze ist ihm geblieben. Sie liegt in seiner Pultschublade in der hintersten Ecke. Nie aber hat er ein Bild von Leah gefunden und deshalb keine Vorstellung, wie sie heute aussieht.

«He Sie! Wollen Sie das nicht aufnehmen?»

Severin Kunz zuckt zusammen und schüttelt seine Gedanken ab. Er schaut in die Richtung der Stimme.

«Ihr Hund hat gekackt!», ruft ein älterer Mann mit grauem Bart und schwarzem Filzhut auf dem Kopf. Er steht in grünen Gummistiefeln in einem kleinen Blumengarten und stützt sich auf seinen Gartenrechen. «Wollen Sie das nicht aufnehmen?»

«Oh, entschuldigen Sie! Ja, natürlich!», ruft Kunz und nestelt in seiner Hosentasche auf der Suche nach einem Beutel. Aber da ist kein Beutel, da er keinen eingepackt hat. «Ich habe gerade keinen Beutel zur Hand. Ich werde beim Zurücklaufen den Haufen mitnehmen. Im Vögeligarten wird es wohl Beutel geben.»

Der Mann wendet sich ab, schleift seinen Rechen mit sich und schimpft über Hundehalter, Hundekacke und die Verrohung der Gesellschaft. Severin geht weiter zum Vögelipark und macht sich auf die Suche nach einem Robidog-Kasten mit Hundekot-Beuteln.

9

im September 2022

Annina Stocker wacht auf, weil ihr der Kopf immer noch weh tut. Sie schaut auf ihr iPhone, dessen Panzerglas in der Mitte in einer Linie gebrochen ist. Eine Folge des Unfalls. Es ist achtzehn Uhr. Sie scheint ein paar Stunden geschlafen zu haben. Sie legt das Gerät zurück und versucht sich aufzurichten, was ihr mit dem eingegipsten Arm schwerfällt. Neben ihr wird nun auch Severin wach. Er schlägt die Augen auf.

«Mein Kopf schmerzt noch», sagt Annina.

Severin reibt sich die Augen.

«Willst du eine Tablette?»

Annina nickt. Severin steht auf und holt aus ihrer Tasche die Packung Schmerztabletten und reicht sie ihr. Er macht sich in den Socken auf ins Bad auf der Etage, nimmt ein Glas aus der Halterung, füllt es mit Wasser und bringt es Annina ins Zimmer.

«Chlor im Wasser», sagt Annina nachdem sie eine Tablette geschluckt hat und verzieht dabei das Gesicht.

«Gehen wir zum Apéro?», fragt nun Severin mit einem Grinsen im Gesicht.

«Ja, ich kann auch schon bald etwas zu Essen vertragen», erwidert Annina. «Warum grinst du so doof?»

«Weil…», stottert nun Severin, «weil wir nun hierbleiben müssen, ich gar nicht mehr Fahrrad fahren muss und jetzt zum Apéro in diesem wunderbaren Ort hier darf.»

Annina verdreht die Augen, was sich sofort in einem stechenden Schmerz in ihrem Kopf bemerkbar macht.

«Das ist Serendipität», erklärt Severin nun.

«Serendi…was?»

«Serendipität. Das ist, wenn du ohne etwas zu suchen etwas findest, wenn du per Zufall plötzlich neue Entdeckungen machst, ohne dass du das gesucht hättest.»

«Wenn es dieses Serendipi-Dings nur gibt, wenn ich dafür vom Rad fallen muss, mir den Arm breche und den Kopf anschlage …»

«*Commotion cérébrale*.»

«Was?»

«*Commotion cérébrale*, französisch, für Hirnerschütterung», doziert jetzt Severin.

«Egal. Auf jeden Fall finde ich es überhaupt nicht lustig, wenn diese Zufallsentdeckungen durch Unfälle auf meine Kosten entstehen», antwortet jetzt Annina gereizt.

Severin umarmt Annina, was sie etwas besänftigt.

«Pass auf! Mein Arm!», beschwert sie sich trotzdem.

Zehn Minuten später stehen die beiden vor Lolos Haus und folgen der Rue Aristide Briand in Richtung *centre ville* von Vraie-Croix-sur-le-Doubs. Die Terrasse des Cafés de la Paix ist jetzt ziemlich gut besucht. Sie setzen sich an einen freien Zweiertisch.

«Oh, die Dame mit dem Souvenir von hier», begrüsst Gigi, der Besitzer des Cafés und der wohl Gilbert heisst, die Ankömmlinge, «alles bestens bei Lolo?»

Sie nicken.

«Was darf es denn sein?»

Annina bestellt einen Diabolo menthe, Severin ein 1664. Die Sonne drückt immer noch heiss und sie sind froh um die kühlen Getränke und den Schatten unter der grossen Markise.

«Morgen ist Markt, gerade dort drüben auf dem Marktplatz», plaudert Gigi als er ihnen eine kleine Schüssel mit gesalzenen Erdnüssen hinstellt, «verpassen Sie den nicht.»

Sie versprechen hinzugehen, prosten einander zu und strecken die Beine aus den Stühlen mit Korbgeflecht.

Später wechseln sie ins Le Peppone, direkt gegenüber vom Marktplatz. Es ist schon kurz vor acht

Uhr, als sie zur von Lolo empfohlenen Pizzeria kommen. Alle Aussenplätze sind belegt oder reserviert. Sie bekommen einen Tisch im Innern des Restaurants zugewiesen, neben einer Gruppe laut schwatzender Briten, die bei Bier und Pizza sitzen und offenbar Gäste des örtlichen Campingplatzes sind.

Gerade als die Bedienung Severins Pizza Farcito und Anninas Pizza Quatre Saisons auf den Tisch stellt, entsteht eine lähmende Stille am Nebentisch bei den Briten. Alle gucken auf ein Smartphone, das ihnen ein rotbackiger Mann mit Schnauz hinstreckt. Die Briten blicken geschockt auf das Display. Als sie feststellen, dass Annina und Severin sie interessiert anschauen, steht einer auf und spricht zu ihnen mit Tränen in den Augen und brechender Stimme: «*The Queen has passed away.*»

Annina steht auf, sie geht zu dem Mann hin, drückt ihm mit der linken Hand, die nicht im Gips steckt, den Arm. Severin steht nun ebenfalls auf und geht zu der Gruppe hin und äussert sein Beileid.

Nachdem sie ihre Pizzen gegessen haben, laden die sehr bewegten Briten sie zu einem Glas Cognac ein. Beim Anstossen ist ein Gemisch aus '*God save the Queen*' und '*God save the King*' zu hören.

Annina und Severin gehen später die Rue Aristide Briand hoch zur Nummer 65. Beide haben nun Kopfschmerzen. Annina von ihrem Unfall und

Severin, weil er den Cognac von Annina auch noch getrunken hat.

10

im April 2023

Anninas freier Tag wird von Minute zu Minute anstrengender. Nicht mal in ihrem neuen Buch hat sie heute lesen können. Sie hat es versucht. Immer wieder hat sie dieselben Seiten im Buch gelesen, ohne sie gelesen zu haben. Da sind zwar Wörter gewesen, die sie überflogen hat. Die Wörter haben aber keinen Inhalt, keinen Sinn gehabt. Es sind einfach Wörter gewesen, die von ihren Augen erfasst und mechanisch abgelesen worden sind. Keines der Wörter ist in ihr Bewusstsein gedrungen.

Immer wieder gehen ihre Gedanken zurück zum heutigen Morgen und zu Severins Ex. Wie sie dagestanden hat, vor ihrer Haustür, kokett, wie aus dem Ei gepellt und lächelnd. Wie sie ‘Hi’ gesagt und mit ihrem englischen Akzent nach Sev gefragt hat. Sev. Niemanden hat sie Severin je so nennen hören. So vertraut, so nahe. Sie kann doch nicht nach so vielen Jahren einfach an seiner Tür stehen und klingeln. Severin hat ihr erzählt, wie sie ihn betrogen hat, wie sie getrunken hat, und wie sie dann ihre Sachen gepackt hat und nach Irland in ihre Heimat zurückgeflogen ist. Würde sie ihn zurückhaben wollen? Würde sie versuchen, ihn zurück zu bekommen? Nach all diesen Jahren?

Annina schluckt. Severin liebt sie. Er ist hundertprozentig ihr Freund. Er wird sie nicht verlassen. Nicht nach all den Jahren. Er hat sie sogar gefragt, ob sie ihn heiraten will. Dabei hat sie ihn vertröstet. Weil sie noch nicht soweit sei. Weil sie sich noch nicht vorstellen kann, für immer an ihn gebunden zu sein. Hat sie so gesagt. Sie sind verblieben, dass Annina ihm sagen wird, wenn sie soweit ist. So rational. So unromantisch. Severin hat dies akzeptiert. Sie haben nie wieder darüber gesprochen.

Was, wenn er nun einfach gehen würde? Weg von ihr? Einfach so. Weil sie sich nicht binden will. Weil die andere schöner ist, weil sie exotischer ist. Weil ihre grünen Augen ihn hypnotisieren. Weil die angeblich erloschene Liebe wieder aufflammt. Sie zieht ihre Beine eng an sich auf der kamelbraunen Liege, die sie erst gekauft haben. Es schüttelt sie. Ihr Inneres zieht sich zusammen und sie friert.

Was interessieren sie Severins alte Liebschaften. Er hat doch sie. Die blöde Kuh kann doch nicht einfach kommen und bei ihnen klingeln.

Mit einem Ruck steht Annina auf. Nimmt ihr neues Buch und schmeisst es in Richtung Sofa, wo es weit aufgeschlagen liegen bleibt. Sie stampft zum Esstisch. Sieht den gefüllten Wäschekorb, mit gewaschener Wäsche, die sie noch bügeln will. Mit Severins Hemden obendrauf. Weisse und hellblaue. Sie nimmt den Korb, quält sich damit die Treppe hoch und lässt ihn im Gästezimmer aufs Bett fallen.

Soll sich doch 'Sev' selbst darum kümmern. Sie verdreht die Augen.

Die nächste Stunde verbringt sie mit Küche putzen, ohne sich wirklich zu beruhigen.

Knapp vor halb sechs hört sie draussen Gebell. Schon vernimmt sie, wie das Türschloss aufgeht und Hardy hereintrappelt. Seine Krallen machen klackende Geräusche auf dem Birnenbaumparkett, während er zu seinem leeren Fressnapf geht. Sie hört ihn hecheln. Dann tritt auch Severin herein. Er kommt in die Küche und gibt ihr einen Kuss, den sie halbherzig erwidert.

Er bemüht sich um Normalität.

«Was gibt es zum Abendessen?»

«Weiss nicht. Brot, Käse?», antwortet Annina.

«Gut, ich ziehe mich nur noch kurz um.»

Severin verschwindet nach oben und kommt bald darauf in seiner schönsten Freizeithose und frischem Hemd herunter. Er hat sich parfümiert. Annina kann sein Eau de Toilette riechen. Der Gockel macht sich schön für seine Ex.

11

im September 2022

Severin ist heute früh wach. Es ist erst kurz vor halb acht. Bald wird er die Turmuhr der *école primaire* zweimal schlagen hören. Er steht auf und schlurft zum weit geöffneten Fenster. Zieht den gezogenen schweren Vorhang etwas zurück und lehnt sich ans Fensterbrett.

Unten geht Lauriane aufs Gartentor zu, den Einkaufskorb am Arm umgehängt. Sie dreht sich um und winkt zu Severin hoch.

«Bonjour.»

«Guten Morgen, Lolo. Geht es schon zum Markt?», zeigt Severin sein Interesse.

«Frühaufsteher bekommen die schönsten Salatköpfe», ruft sie ihm zu und lacht, «bis später dann.»

Lolo geht nach rechts und ist schon hinter der Gartenhecke verschwunden.

Severin schaut sich um. Der Rasen im Garten ist gelbverfärbt. Lolo hat ihnen erzählt, dass der *maire* wegen der Dürre verboten hat, den Rasen zu sprengen und appelliert hat, sparsam mit dem Wasser umzugehen.

Er dreht sich um. Annina hat ihren Kopf mit einem Kissen bedeckt und knurrt darunter.

«Guten Morgen, Schatz! Hast du gut geschlafen?», ruft Severin lachend.

«N...»

«Wie bitte?»

«Nein, nicht wirklich», sagt Annina und nimmt das Kissen vom Kopf, «schlafen mit einem Gips am Arm ist gewöhnungsbedürftig. Ausserdem ist es so hell.»

Severin setzt sich auf den Bettrand und gibt ihr einen Kuss auf den Mund.

«Heute ist Markt!», ruft Severin, dessen Begeisterung förmlich zu spüren ist.

«Ach, nein! Das habe ich gestern schon von Lo-lo und von Gi-gi gehört, jetzt kommt auch noch der Se-se-Severin damit.»

«Ja, auch das ist Serendipität.»

Annina gähnt lange und macht dabei ein lautes Geräusch.

Severin fährt fort: «Wir sind hier steckengeblieben und entdecken heute den Markt. Ohne dass wir danach gesucht haben.»

Annina verdreht die Augen, greift mit dem linken Arm nach ihrem Kissen und legt es sich wieder über den Kopf.

Weil Annina mit dem gegipsten Arm Hilfe beim Anziehen braucht, brechen die beiden erst eine Dreiviertelstunde später auf und verlassen das Haus. Sie begeben sich in Richtung Marktplatz im *centre ville*. Unterwegs passieren sie eine kleine Bar, mit zwei Bistrotischchen und Plastikstühlen davor. Während Annina sich setzt, geht Severin zum Tresen und bestellt zwei *p'tit cafés* und zwei Croissants. Von ihren Plätzen aus sehen sie zu den Marktständen, die grosse Teile des Platzes einnehmen. Es herrscht darauf ein eifriges Getue. Gemüsehändler, die ihren Kunden prall gefüllte weisse Plastiksäcke über die Gemüseauslage reichen, während die Käsehändlerin einen Schwatz mit einem älteren Herrn mit Stock macht, obwohl am Stand drei Leute in Schlange stehen. Am Rand des Markts sitzt ein Jungbauer mit krausem Haar unter einem aufgespannten Sonnenschirm. Auf dem Campingtisch vor ihm stehen aufgestapelt Gläser mit Honig. Der Fleischer steht in seinem aufgeklappten Kastenwagen und schneidet für eine Kundin Rindfleisch in Würfel, während seine Frau an der Rückwand fettdurchzogene Stücke durch den Fleischwolf dreht. Zwischen den Nahrungsmittelhändlern gibt es immer wieder schwarze Händler, die auf langen Tischen unter grossen Schirmen ausgelegte Kleider, Schuhe, Taschen und Hüte verkaufen. Während Touristinnen in Fahrradbekleidung sich vor allem bei diesen Ständen aufhalten, scheinen Einheimische auch den Händler mit Eisenwaren zu frequentieren, der seine Waren auf einem grossen dunkelblauen Tuch zur Schau stellt.

Annina und Severin wagen sich ins Getümmel und gehen geradewegs zu einem der Händler mit Taschen. Sie wählen einen praktischen Rucksack, um in den nächsten Tagen Einkäufe tragen zu können. Ihre Fahrradtaschen sind dazu nicht geeignet. Beim Stand mit den Eisenwaren treffen sie auf Lolo, die mit den Händen fuchtelnd mit dem Händler schäkert. Am Boden steht ihr Einkaufskorb, prall gefüllt mit frischem Gemüse, daneben eine nicht weniger gefüllte Einkaufstasche.

«Ah, da sind meine Gäste!», ruft sie, als sie Annina und Severin erblickt.

Sie begrüssen sich und unterhalten sich über den Markt. Lolo erklärt ihnen, dass der Markt von April bis September grosse Teile des Platzes ausfüllt, da viele Händler gerade auch wegen der Touristen hierherkommen würden. In den restlichen Monaten schrumpfe der Markt um viele Anbieter, da blieben praktisch nur noch die Händler mit Lebensmitteln. Viele Händlerinnen und Händler kämen aus der näheren Umgebung und sie nutze gerne die Gelegenheit lokale Produkte zu kaufen, auch wenn sie im neueröffneten Supermarkt an der Hauptstrasse wohl billigere Lebensmittel bekäme.

«Diese und andere Märkte gibt es in Vraie-Croix-sur-le-Doubs schon seitdem der Ort im dreizehnten Jahrhundert, vor über 750 Jahren also, von

Thiébaud III von Neuchâtel-Bourgogne gegründet wurde. Auch deshalb kaufe ich gerne hier ein, da es sich um ein eigentliches Kulturgut handelt», erklärt Lolo mit grossem Stolz, «wenige Kirchen in der Gegend sind so alt wie unser Markt.»

Motiviert von Lolos Ausführungen verlassen Severin und Annina den Eisenwarenstand und nehmen den Markt und die angebotenen Produkte genauer unter die Lupe.

Alsbald haben sie ihr Mittagessen am Markt erstanden: Eine Trockenwurst mit Haselnüssen von einem kleinen Stand, ein Stück rezenten Comté und frischen Ziegenkäse vom Käsehändler sowie reife Tomaten und Äpfel sind schon im neuen Rucksack verpackt. Es fehlt nur noch das Brot. Bald finden sie einen kleinen Stand eines örtlichen Bäckers, der sich den Markt auch zunutze macht. Sie kaufen ein Baguette de Campagne und lassen sich in der Auslage noch zu zwei kleinen *chouquettes*, mit Hagelzucker bestreuten Windbeuteln, verführen fürs Dessert.

Annina voraus und Severin mit dem Rucksack hintendrein verlassen sie den Markt und kaufen beim kleinen Lebensmittelladen noch eine Flasche Wasser. Sie gehen über die Brücke des Doubs, kommen am Rathaus und dem Gelände der geschlossenen Fabrik vorbei und überqueren den Petit Doubs, ein langsam fliessender Seitenarm des Doubs. Hier befinden sich an einen Hang gepresst zwei Häuserzeilen, die die Hauptstrasse säumen.

Das frühere Zentrum von Vraie-Croix-sur-le-Doubs ist dunkel und die Häuser durch den Verkehr russgeschwärzt. Lauschige Terrassen auf der Rückseite der Häuser, zum Petit Doubs hin, lassen sich nur erahnen.

Sie finden einen kleinen Fussweg, der durch die bergseitige Häuserzeile führt und gehen den Hang hoch. Sie treffen auf eine Nebenstrasse, die aus dem Ort führt. Hier gibt es ein altes Denkmal mit einer kleinen Plattform, von der sie über Vrai-Croix-sur-le-Doubs und in die ganze Talebene blicken können. In der Ferne sehen sie die Ausläufer der Lomontkette, davor das Städtchen. Gut können sie die bunten Stände am Marktplatz erkennen, aber auch die Eisenbahnlinie und den Rhein-Rhône-Kanal erahnen. Sie entdecken im hinteren Teil des verlassenen Fabrikgeländes, das sich zwischen den beiden Doubs-Armen befindet, eine grüne Fläche mit Bäumen und beschliessen, diese auszukundschaften.

Sie finden den neu geschaffenen Park, der mit kleinen Wegen bis zur Gabelung des Doubs führt, hinter dem übrig gebliebenen Fabrikgebäude. Auf der einen Seite sehen sie nun die Rückseite der russgeschwärzten Häuser der Hauptstrasse. Sie können sonnige Terrassen sehen, auf denen Gartenmöbel und Pflanzen stehen. Bei einigen Häusern säumen Reben die Hausmauern. Auf der anderen Parkseite können sie über den Flusslauf den grossen Parkplatz mit anschliessendem Boule-Platz erkennen.

An der Parkspitze, wo sich der Doubs teilt, setzen sie sich am Schatten unter Bäumen auf eine Bank und packen ihr Picknick aus. Annina hat glücklicherweise daran gedacht, ein Taschenmesser mitzunehmen. Severin bricht das Baguette in Stücke und schneidet für Annina und sich Käse, Trockenwurst und Tomaten in fingerfertige Stücke.

12

im April 2023

Die Uhr an der Küchenwand zeigt neunzehn Uhr. Schweigend sitzen Severin und Annina bei Tisch. Severin hält in seiner linken Hand sein Wasserglas und spült mit einem Schluck den letzten Bissen Brot hinunter. In Anninas Teller liegt noch der Rest einer Scheibe Käse und die Hälfte einer getrockneten Feige. Beide grübeln und beschäftigen sich mit ihren Mobiltelefonen. Draussen ist es unangenehm kühl geworden, als wolle der April den Winter nochmals zurückholen. Im Raum ist schlechte Stimmung zu fühlen, ohne dass ein Wort geredet wird. Sogar Hardy scheint dies unangenehm zu sein. Er sitzt verunsichert in seinem Körbchen neben dem Schwedenofen. Die Ohren nach vorne geklappt und den Kopf schief haltend, wechselt sein Blick abwechselnd zwischen Severin und Annina hin und her.

Severin stellt gerade sein Wasserglas wie in Zeitlupe auf den Tisch, als es an der Tür klingelt. Hardy rennt wie der Blitz laut bellend zur Haustür und schnüffelt intensiv daran. Severin steht auf, geht zur Tür und öffnet sie, während er Hardy am Halsband hält.

«Hallo Leah.»

«Hallo Sev.»

«Was für eine Überraschung. Du bist in der Schweiz?»

«Ja. Das ist eine lange Geschichte.»

«Es ist kalt draussen, willst du reinkommen?», fragt Severin.

«Gerne, wenn's passt.»

«Wir haben gerade fertig gegessen», erklärt Severin und zeigt auf den Tisch. Gleichzeitig ärgert er sich darüber, sich wie ein Spiesser zu verhalten.

Annina ist inzwischen aufgestanden und trägt Geschirr, Käseschachtel und Brotkorb in die Küche.

Severin schliesst die Tür, nimmt Leah die Jacke ab und hängt sie in die Garderobe.

Er geht voran zum Esstisch und weist mit der Hand zu Annina.

«Das ist Annina», sagt er und zu Annina gewandt, «Annina, das ist Leah.»

«Wir haben uns schon kurz kennengelernt heute Morgen», erwidert nun Annina, «hallo Leah.»

Sie geht zu Leah und drückt ihr die Hand.

«Hallo Annina, schön dich kennenzulernen.»

Einen Augenblick scheint die Zeit im Raum still zu stehen.

Severin fasst sich zuerst wieder.

«Willst du dich setzen? Möchtest du etwas trinken?»

Er deutet mit der Hand zum Sofa.

«Gerne. Etwas Wasser vielleicht?»

«Ja, klar», antwortet Severin und geht in die Küche, um ein Glas gefüllt mit Mineralwasser zu holen.

Er kommt zurück und setzt sich auf die kamelbraune Liege, während Leah bereits auf dem Sofa sitzt. Annina steht in der Küche und räumt mit langsamen Bewegungen den Geschirrspüler ein. Sie zwingt sich, tief zu atmen und sich nicht aufzuregen. Sie ist sehr angespannt und ihr Mund fühlt sich ganz trocken an. Hardy kommt zu ihr in die Küche und stuppst mit der Nase an ihre Beine.

«Wie geht es dir?», fragt nun Severin Leah, den Blick erstmals richtig auf sie gerichtet.

Leah nimmt einen Schluck vom Wasserglas und schiebt nervös Ober- und Unterlippe übereinander. Severin realisiert, dass er diese Bewegung bei Leah schon tausendmal gesehen hat, damals als sie zusammen gewesen sind. Trotzdem hat er sich nicht mehr daran erinnert. Sie sieht gut aus, etwas übermüdet vielleicht. Die Augenpartie mit den klaren grünen Augen zeigt deutlich dunkle Ringe, die trotz Schminke noch zu sehen sind. Ein paar Fältchen mehr um den Mund sind da, auch am Hals. Die sanfte Nase mit angedeutetem Stups. Die Haare immer noch grob gelockt und nach hinten gekämmt. Das frühere Braun ist einem leichten Graumeliert gewichen.

«Mir geht es so mittelgut. Ich bin etwas gestresst durch meine Situation», beginnt Leah, «weisst du, ich habe mich entschieden, wieder in der Schweiz zu leben.»

In der Küche klirrt ein Glas in der Spüle. Annina, die zugehört hat, hat es fallen lassen.

«Sorry!», ruft sie peinlich berührt, «mir ist das Glas aus der Hand gerutscht.»

«Du willst wieder hier leben?», fragt nun Severin. Er ist sich nicht klar, ob ihn das freut oder stresst, oder beides gleichzeitig.

Annina tritt nun aus der Küche, auch sie gestresst, und geht ins Entrée. Sie nimmt Hardys Leine vom Garderobenhaken und ruft: «Ich gehe dann mit dem Hund noch raus! Komm Hardy!»

Sie schnalzt mit der Zunge, bis sie merkt, dass Hardy bereits sitzend bei ihren Füssen wartet. Sie schüttelt den Kopf, schnürt ihre schwarzen Doc Martens, zieht ihren beigen Mantel an und setzt die hellblaue, gestrickte Wollkappe auf. Danach hängt sie die Leine am Ring von Hardys Halsband ein und tritt mit ihm hinaus. Die Tür fällt etwas lauter als beabsichtigt ins Schloss.

13

im September 2022

Das Picknick hat sehr gemundet. Sie würden Lolo bitten, die Reste im Kühlschrank für sie aufzubewahren. Severin legt den Arm um Annina, die ihren eingegipsten Arm auf seinen Bauch bettet und ihren Kopf an seinem anlehnt. Sie sitzen ein paar Minuten auf der Parkbank und geniessen die Wärme des Spätsommers. Das deutlich hörbare Rauschen des Wehrs, wo sich Doubs und Petit Doubs gabeln, begleitet sie. Vor ihnen liegt eine kurze Wiese und danach trennt eine kleine Steinmauer den Park vom Fluss.

Auf dem Weg kommt ein Paar mit einem Hund herangelaufen. Der Beagle zerrt die beiden förmlich zur Steinmauer und springt aufgeregt daran hoch. Der Mann trägt einen grauen Bart und die Frau einen grünen Hut über ihrer Sidecut-Frisur. Das Paar guckt über die Mauer in die Tiefe zum zischenden Doubs und hält den Beagle dabei am Halsband fest. Nach ein paar Minuten gehen sie weiter.

Auch Annina und Severin entscheiden sich, nun zurück zu ihrer Unterkunft zu gehen, um sich etwas auszuruhen. Hand in Hand folgen sie den gekiesten Wegen zum Ausgang des Parks und verlassen ihn durch einen grossen Torbogen, der wohl ein Überbleibsel des alten Fabrikgebäudes ist.

Sie folgen der Hauptstrasse über den Fluss und beobachten, wie auf dem Marktplatz die Stände zusammengeräumt werden, wie leere grüne Gemüsekisten aufgetürmt in Kastenwagen verladen werden und wie die schwarzen Händler ihre Kleider an Drahtkleiderbügeln in unzählige Kartonschachteln falten. Nur der Jungbauer sitzt immer noch unter dem Sonnenschirm hinter dem Campingtisch, auf dem sich Honiggläser türmen, und wartet, ob nicht doch noch ein Tourist einen späten Einkauf macht. Sie folgen der Strasse am Le Peppone vorbei, überqueren den Kanal und die Eisenbahnstrecke. Bald sind sie zurück bei Lolos Haus und treffen sie vor der Haustür an. Sie bitten Lolo, die Reste ihres gekauften Proviants in den Kühlschrank zu legen.

Severin geht voran die Treppe hoch. Annina zwickt ihn in sein Hinterteil. Severin beschwert sich und geht weiter, Annina folgt ihm kichernd zum Gästezimmer.

Die Spätsommer-Sonne hat den Raum aufgeheizt. Severin tritt zum offenen Fenster und schiebt die Klappläden, die in der Art an vielen Häusern in Frankreich angebracht sind, zu, so dass nur noch ein schmaler, heller Strahl Sonnenlicht ins Zimmer dringt. Annina rückt das grosse Kissen zurecht, legt sich aufs Bett und lässt einen Seufzer ertönen.

«Müde?»

Annina schüttelt den Kopf. Sie grinst Severin an. Dieser hat sich auf den Stuhl gesetzt und beschäftigt sich mit seinem Mobiltelefon.

Als Severin das Grinsen bemerkt, ist er irritiert.

«Was?»

Annina schickt ihm ein Küsschen zu und grinst weiter.

«Aber…?»

Severin deutet auf seinen Arm.

Annina verdreht die Augen und antwortet: «Nur der Arm ist gebrochen, alles andere ist noch ziemlich in Ordnung.»

Sie nimmt ihren gegipsten Arm aus der blauen Schlinge und legt ihn seitwärts aufs Bett.

Severin legt sein Mobiltelefon zur Seite. Er steht auf, streift Anninas Socken ab und massiert ihre Füsse.

«Siehst du, es stört meinen Arm überhaupt nicht», frotzelt Annina nun und geniesst die Fussmassage.

Severin küsst nun ihre Füsse und folgt mit weiteren Küssen den Beinen aufwärts. Er öffnet ihre blauen Jeansshorts, zieht sie die Beine herunter und schiesst sie in hohem Bogen zum Stuhl. Danach legt er sich neben Annina und küsst sie am Hals, folgt mit seinem Mund zu den Ohren und küsst sie schliesslich auf den Mund, wo sich ihre Zungen berühren. Seine Finger streifen derweil in grossen Kreisen über Anninas T-Shirt, wo sich ihre Brustnippel durch den BH deutlich abzeichnen. Er drückt sie sanft und Annina spannt den ganzen Körper an vor Erregung. Sie greift mit ihrer gesunden Hand zu seinem Hosenbund, öffnet den Knopf seiner Shorts und lässt ihre Finger hineingleiten.

Sie streicheln sich eine Weile und beginnen später, sich weiter auszuziehen. Severin hilft Annina aus dem T-Shirt. Diese lässt sich sanft auf Severin gleiten und ihre Körper verschmelzen. Annina beginnt sich zu bewegen, zuerst ganz langsam, dann etwas schneller, bis das Bett laute, metallisch klingende Geräusche von sich gibt. Sofort hört sie mit den Bewegungen auf und horcht. Sie beginnt erneut, ganz langsam.

Sie hören, wie Lolo draussen im Garten etwas durch den Kies stösst. Sie horchen erneut. Auf einmal ertönt laut der Benzinmotor eines gestarteten Rasenmähers. Annina und Severin grinsen einander an. Annina beginnt mit ihren Bewegungen und holt sich eine erste Welle. Severin spürt ihren Atem in seinem Gesicht, sie macht weiter, presst ihren Körper immer wieder an Severin und lässt schliesslich ein langes Seufzen erklingen. Sie lässt sich treiben und ihr Atem geht schnell. Severin streichelt ihren nackten Rücken, der jetzt schweissnass ist. Etwas später drehen sie sich sanft um und Severin drückt Anninas Beine vor sich und lässt seiner Lust freien

Lauf, bis er mit einem lauten Stöhnen seinen Höhepunkt erreicht. Kurz darauf wird im Garten der Rasenmähermotor wieder ausgeschaltet, während Severin und Annina verschwitzt und erschöpft auf ihren Laken liegen.

14

im April 2023

Gut hat sie eine warme Kappe auf, denkt sich Annina. Obwohl es April ist, ist die Temperatur auf fünf Grad abgesackt und es ist für diese Nacht sogar Frost prognostiziert. Ruckartig geht sie mit Hardy die Felsenstrasse entlang. Er bleibt alle paar Meter stehen und erleichtert sich an irgendeiner Gartenpforte.

Annina ist angespannt. Sie weiss nicht, was sie von der Situation halten soll. Sie zwingt sich, einen klaren Kopf zu behalten, doch will es ihr irgendwie nicht gelingen.

«Komm' jetzt Hardy! Mir ist kalt!», ruft sie zu Hardy, der gefühlt fünf Minuten schon an einem Büschel Löwenzahnblättern bei einem Gartentor schnüffelt. Sie zieht an der Leine. Hardy schüttelt sich und geht weiter.

Mit grossen Schritten läuft Annina den Hang zur Kantonsschule hoch. Im Hardwald lässt sie dem Hund lange Leine.

Annina spürt, wie sich Gefühle von Wut und Angst in ihr abwechseln. Sie beschliesst eine sehr lange Runde zu machen. Noch ist etwas Licht, die Frühlingssonne drückt immer noch tief durch die

Bäume des Hardwaldes. Sie marschiert bis zu den Hochhäusern im Meierhof, die sich hinter dem Wald befinden, dreht dann nach rechts und überquert die Hauptstrasse beim Friedhof. Sie folgt der weiteren Strasse durch das Wohnquartier bis zum Vögelipark. Noch ist Annina nicht bereit zurückzugehen. Noch liegen ihre Gefühle trotz des Marschierens in einem grossen Durcheinander. Beim Eingang zum Vögelipark bleibt sie stehen. Die Sonne ist inzwischen untergegangen. Noch lässt sich der rötlich gefärbte Himmel hinter den Jurahöhen erahnen. Nervös kaut sie an ihren Fingernägeln. Eine Unsitte, die sie mit den Teenagerjahren abgelegt hat. Abgelöst durch das Zigarettenrauchen. Sie schaut ihre Finger an. Die Kälte spürt sie nun im Gesicht. Vom Marschieren ist ihr warm. Es bilden sich Dampfwolken vor ihrem Gesicht, wenn sie ausatmet.

«Ich hätte eine Notfallzigarette irgendwo deponieren sollen!», zischt sie mehr zu sich selbst und erntet einen verwunderten Blick von Hardy. Sie geht zu einer Parkbank und setzt sich ans rechte Ende. Am anderen Ende der Bank sitzt ein junger Mann mit einer Schiebermütze, den Kragen seiner Jacke hochgezogen, die Schultern hängend und weisse Kopfhörer in die Ohren gedrückt. Er blickt auf sein Mobiltelefon.

«Rauchen Sie?», fragt Annina.

Der junge Mann reagiert nicht.

Sie versucht es nochmals, etwas lauter diesmal.

«Entschuldigung! Rauchen Sie?»

Der Mann dreht den Kopf und zieht sich die Stöpsel aus den Ohren. Annina hat das Gefühl, ihn zu kennen.

«Sorry?», fragt der Mann nun.

«Rauchen Sie?»

«*Sorry, I don't speak German.*»

«*Oh, sorry*», entschuldigt sich Annina nun und beginnt mit dem Mann in Englisch zu sprechen.

Er antwortet, dass er nicht rauche.

«Wenige rauchen noch bei uns zuhause», erklärt er, «in der Schule bekamen wir eklige Bilder von Raucherlungen, beeinträchtigten Babys sowie schwarzen, angefressenen Zähnen und krebsbewucherten Kehlköpfen zu sehen.»

«Ist ja gut. Es ist sicher nicht gesund.»

«Ausserdem sind Zigaretten bei uns stark besteuert, so dass sie sich eh fast niemand mehr leisten mag.»

Er denkt nach und Annina tätschelt etwas beschämt Hardy.

«Und Sie? Rauchen Sie?», fragt der junge Mann nun und Annina fragt sich immer noch, woher sie ihn wohl kennen könnte.

«Nein, ich habe aufgehört», antwortet Annina, «vor fünf Monaten.»

«Dann ist ja gut, es wäre schade um Sie», sagt der junge Mann jetzt etwas altklug.

«Danke», murmelt Annina.

Wieder bleiben beide einen Moment still.

«Ich bin gerade aus aktuellem Anlass etwas nervös», sagt Annina, «dies hat in mir den Wunsch geweckt, zu rauchen.»

«Ich bin auch gerade sehr nervös. Ich vermute, ich bin sogar noch etwas nervöser als Sie.»

«Warum?»

Der junge Mann tut sich schwer und atmet laut aus, was sogleich zu einer grossen Dampfwolke vor seinem Gesicht führt.

Annina lacht und sagt: «Sehen Sie, jetzt rauchen Sie doch.»

Der Mann grinst.

«Wie heissen Sie?», fragt Annina nun.

«Bob.»

«Freut mich, Bob. Ich bin Annina.»

Sie schweigen beide und gucken den Dampfwolken zu, die sich bei jedem Ausatmen bilden.

Bob hält mit Zeigfinger und Mittelfinger eine virtuelle Zigarette in die Höhe, führt sie zu seinem Mund und inhaliert theatralisch.

Sie lachen.

«Und warum bist du jetzt so nervös, Bob?»

Bob lässt das Albern mit der virtuellen Zigarette sein und sein Gesicht wird ernst. Er atmet ein paar Mal durch, bevor er langsam zu sprechen beginnt: «Meine Mutter sagt meinem Vater jetzt gerade, dass es mich gibt.»

Annina lässt die Information in sich sacken. Und ihr Hirn arbeitet fieberhaft. Sie steckt ihren Finger in den Mund und beginnt wieder am Fingernagel zu kauen. Sie merkt, was sie tut und steckt ihre Hände demonstrativ in die Taschen ihrer Jacke.

«Wie heisst dein Vater, Bob?», fragt sie nun und fixiert ihn mit ihrem Blick.

Bob nestelt an seinem Mobiltelefon herum.

«Ich weiss nicht…», beginnt er.

«Du weisst nicht, wie er heisst?», fragt Annina erstaunt.

«Nein, ich weiss nicht, ob ich dir das sagen darf», antwortet Bob besorgt.

Annina nimmt einen tiefen Luftzug und übt sich in Geduld. Trotzdem will sie nun Klarheit.

«Heisst dein Vater Severin, Bob?»

15

im September 2022

In Vraie-Croix-sur-le-Doubs geniessen Annina und Severin den Beginn des Wochenendes in vollen Zügen. Die Temperatur ist in der Nacht nur gerade auf zwanzig Grad abgesunken und am Nachmittag dürften es über dreissig Grad werden. Der Tag beginnt für beide auf der sonnigen Terrasse der Boulangerie Henri am Marktplatz, bei einem *café au lait*.

Annina will sich trotz verletztem Arm sportlich betätigen und plant deshalb in ihrem iPhone eine kleine Wanderung. Sie will auf Nebenstrassen den nächsten Ort erreichen und dann der riesigen Schlaufe des hier mäandernden Doubs entlang zurückmarschieren. Severin plant derweil, ihnen einen Platz im Cigale zu reservieren, wo sie sich wieder zum Mittagessen treffen wollen.

Während Annina in zügigen Schritten wegmarschiert, holt sich Severin in der Bäckerei noch einen *p'tit café* und ein Croissant. Danach schlendert er zum Schaufenster einer Immobilienagentur auf der anderen Seite des Marktplatzes, das mit dutzenden von Inseraten ausgehängt ist. Er geniesst es, sich in jeder Stadt, die er besucht, einen Überblick über den lokalen Markt für Häuser zu beschaffen und plant, noch andere, weniger zentral gelegene Immobilienagenturen zu besuchen. Zuerst aber geht er die Strasse zu ihrer Unterkunft hoch und holt sich sein Fahrrad. Er fährt damit zum Cigale an der Hauptstrasse und reserviert einen Zweiertisch im gekühlten Innern fürs Mittagessen. Dann beschliesst er, ans Ende der Stadt in die Industriezone zum Fahrradladen zu fahren und sich nach Anninas Fahrrad zu erkundigen. Ein junger Mann im Überkleid bedient gerade noch eine ältere Dame, die sich für ein Occasionsfahrrad interessiert. Er macht Kunz ein Handzeichen, dass er gleich für ihn da sein werde. Als er die Dame verabschiedet hat, begrüsst er Severin. Dieser fragt ihn nach dem von Jules gebrachten Fahrrad seiner verunfallten Partnerin.

«Ah ja! Das verunfallte Trek-Mountainbike. So etwas habe ich ja noch nie gesehen, auch bei weitaus günstigeren Fahrrädern nicht! Ein glatter Bruch!»

Kunz schaut ihn fragend an.

«Die Vorderachse ist gebrochen. Das ist praktisch unmöglich. Entweder ist ihre Partnerin 120 Kilogramm schwer…», was Severin mit Kopfschütteln verneint, «…oder das Fahrrad wurde extrem im Gelände auf Felsen geschlagen oder so.»

«Nein, das Mountainbike ist praktisch fabrikneu und wurde bisher nur auf flachen Waldwegen genutzt. Meine Partnerin ist knapp sechzig Kilogramm schwer», antwortet Kunz.

«Dachte ich es mir doch, dachte ich es mir doch», sagt der junge Mann eifrig, «dann muss hier wirklich ein Material- oder Verarbeitungsfehler vorliegen. Ich habe bereits den Kundendienst des Herstellers kontaktiert und ihm Fotos und Rahmennummer geschickt. Ich bekomme am Montag ein komplettes neues Vorderrad zugestellt und ausserdem bekomme ich noch einen neuen Lenker dazu, da dieser beim Sturz auch beschädigt wurde. Geben Sie mir doch bitte Ihre Telefonnummer, dann rufe ich Sie am Montag an, sobald alles montiert ist.»

Kunz nennt ihm seine Mobiltelefonnummer.

«Und Ihrer Partnerin geht es gut?», fragt der Fahrradhändler nun, etwas peinlich berührt, dass er nicht längst nachgefragt hat.

«Gebrochener Arm und leichte Hirnerschütterung», antwortet Severin.

«Gute Besserung wünsche ich von meiner Seite», lässt der junge Mann ausrichten, «das zeigt einem wieder einmal, dass man beim Fahrradfahren vor nichts gefeit ist.» Dabei zieht er seine Stirn nachdenklich in Falten.

Severin Kunz bedankt sich beim Fahrradhändler, setzt seinen Helm auf und fährt stadteinwärts. An der Einfallstrasse trifft er auf zwei weniger edle Immobilienagenturen, deren Auslagen er ausgiebig studiert. Im *tabac* neben der Metzgerei im *centre ville* holt er sich die Samstagsausgabe der Zeitung L'Est Républicain und packt sie in seinen Rucksack. Er entschliesst sich, gemütlich mit dem Fahrrad durch die Quartiere von Vraie-Croix-sur-le-Doubs zu kreuzen.

Im Süden am Rand der Industriezone findet er ein neueres Quartier, freistehende Einfamilienhäuser, die meisten von ihnen sind keine zwanzig Jahre alt und dennoch von konservativer Architektur. Hier sind sauber gemähte Rasen, gewischte Gehwege und ordentliche Einfahrten die Regel. Severin stellt fest, dass hier wohl besserverdienende Familien wohnen. Wohl auch einige, die beim Autoproduzenten Peugeot im nahen Sochaux auf der Gehaltsliste stehen. Oft finden sich hier auch grosse Aufstellpools mit Einstiegsleiter im Garten. Kinder sind keine zu entdecken. Sie sind wohl in der Schule.

Etwas näher zum Stadtzentrum entdeckt Kunz ein Quartier, das mehrere durchnummerierte, parallel verlaufende kleine Strassen durchqueren. Einstöckige Häuser mit Giebeldächern stehen in Reihe aneinandergebaut dicht an den Strassen. Vielfach parkieren Autos davor auf dem Gehsteig, so dass dieser seinen Zweck nicht mehr erfüllt. Hinter den Häusern gibt es kleine Gärten, die von der nächsten Strasse durch Hecken abgetrennt sind. Durch Lücken kann Severin darin kleine Refugien mit Obstbäumen, kleinen Gartenhäusern aus dem Baumarkt, Gartencheminées oder Kugelgrills erkennen.

Hinter den Geschäften im *centre ville* trifft Kunz auf typische, zweigeschossige Häuser, deren Fassaden in unterschiedlichen Farben gestrichen sind. Meist sind sie von einem Grauschleier überzogen. Die Häuser sind vielfach durch Mauern verbunden, hinter denen sich triste Höfe zu erkennen geben, wo sich Material stapelt. Vor den Haustüren finden sich manchmal einige verloren wirkende Topfpflanzen. Durchbrochen wird die Häusertristesse selten von nicht weniger grau wirkenden Mehrfamilienhäusern und auch einem älteren, kubischen Flachdachhaus, das wohl mal ein Architektenhaus gewesen ist.

Kunz entschliesst sich, der Strasse weiter zu folgen, bis zum Kanal. Er überquert einen kleinen Bahnübergang mit schmuckem ehemaligem Wärterhäuschen und kommt in ein kleines Quartier mit mehreren kurzen Gebäudekörpern, dem Schein nach Reihenhäusern. Es handelt sich um kleine Arbeiterhäuser von Anfang des zwanzigsten Jahrhunderts. Deren Hauseingänge befinden sich im Hochparterre. Davor stehen kleine Stiegen, jede einzelne überdeckt durch ein kleines, mit Ziegel eingedecktes Holzvordach. Es lässt sich erahnen, dass die Hauseinheiten klein sind. Hier haben wohl früher vielköpfige Arbeiterfamilien auf kleinstem Raum gewohnt. Kunz mag das Quartier. Er will dieses mit Annina genauer entdecken.

Kunz schaut auf die Uhr. Es ist bereits kurz vor zwölf Uhr mittags. Höchste Zeit also, sich ins Cigale zu begeben. Er fährt zum Kanal und folgt ihm bis zur Hauptstrasse. Kurz darauf stellt er sein

Fahrrad am Restaurantparkplatz an eine Strassenlaterne und sichert es mit dem Zahlenschloss.

16

im April 2023

Der Mund bleibt offen stehen, die Gedanken rasen. Es wird Severin heiss.

«Ich habe was?», ist der einzige Satz den er zustande bringt. Seine Augen fixieren Leah.

«Du hast einen Sohn, Severin. Einen wunderbaren Sohn», antwortet ihre Stimme, aber die Worte erreichen Severin wie durch Nebel.

Severin steht auf, geht in die Küche, stellt den Wasserhahn an und spritzt sich kühles Wasser ins Gesicht. Fragen schiessen durch seinen Kopf: Wann habe ich Leah das letzte Mal gesehen? Wann habe ich das letzte Mal mit ihr geschlafen? In seiner Vorstellung erscheint ein Bild von einem Baby. Von einem kleinen Knaben mit Schulrucksack. Aber…, aber das ist ja gar nicht möglich.

«Aber…», sagt Kunz mit zittriger Stimme.

«Er ist achtzehn Jahre alt», antwortet Leah, die mittlerweile vom Sofa aufgestanden ist.

Achtzehn Jahre. Kunz hört die Worte, die er viele Jahre immer wieder gehört hat. Als sie die Trennung ankündigte: 'Ich kann nicht mehr. Ich glaube, ich liebe dich nicht mehr. Es ist nicht deine Schuld. Wenn überhaupt, dann ist es meine, mein Heimweh nach Irland, meine Einsamkeit.’ Severin erinnert sich an einen grauen, kalten Novemberabend und wie er sich danach ins Schlafzimmer zurückgezogen und hemmungslos geweint hat.

Sie ist gegangen ein paar Tage später. Mit zwei Koffern in der Hand hat sie auf ein Taxi gewartet. Er hat sie nie wiedergesehen. Er hat nie wieder mit ihr sprechen können.

Und jetzt?

«Warum?», fragt Severin.

Leah bleibt still. Ihre Augen fixieren einen Punkt an der Wand. Im nirgendwo.

«Warum?», fragt nun Severin laut und wütend.

«Ich weiss es nicht», antwortet Leah und setzt sich.

Severin geht ans Fenster. Draussen ist es nun dunkel und grau. Er blickt auf die Martin-Disteli-Strasse, zu den Lichtern in den Häusern gegenüber. Sieht einen Nachbarn am Kochherd stehen.

«Ich weiss nicht, warum ich dir nichts gesagt habe», fährt Leah fort, «meine Eltern drängten mich dazu. ‘Das Kind muss einen Vater haben’, sagten sie. Aber ich konnte nicht. Ich liess mich verleugnen, antwortete auf deine E-Mails nicht. In meinem Körper spürte ich das Leben, und ich wollte das Kind. Ich verdrängte dich. Ich sog all die Liebe, die mir mein Sohn gab, in mich. Ich versuchte, ihm eine unbeschwerte Kindheit zu geben. Ich trank nie wieder, bis heute. Seine Fragen über seinen Vater liess ich unbeantwortet. Sagte: ‘Wir sind stark zusammen. Nur wir beide.’ Er schluckte es. Aber tief in ihm drin war der Wunsch da, seine Wurzeln und dich kennenzulernen. An seinem achtzehnten Geburtstag stellte er mich vor die Wahl: ‘Entweder machen wir das zusammen oder ich mache das alleine.’ Noch nie hatte ich ihn so entschlossen gesehen».

Leah weint.

«Noch nie hatte ich ihn so entschlossen gesehen», wiederholt sie, «und ich merkte, was für einen gewaltigen Fehler ich all die Jahre gemacht hatte.»

17

im September 2022

«Ich habe mich verliebt», schwelgt Severin, als sich Annina etwas verspätet zu ihm an den Tisch in den gut gefüllten und angenehm gekühlten Raum im Cigale setzt.

«Wer ist die Glückliche?», fragt Annina mit hoch erhobenen Augenbrauen.

«Es ist keine sie.»

«Oha?»

«Es ist ein Quartier. Ein Quartier in Vraie-Croix-sur-le-Doubs.», antwortet Severin und berichtet Annina von seiner Velofahrt durch die Quartiere.

Die Kellnerin stellt den beiden eine handgeschriebene Tafel mit dem Menü an den Tisch und fragt sie nach den Getränkewünschen. Annina bestellt ein gezapftes helles Bier und Severin ein Glas Savagnin aus dem Jura.

«Dann schauen wir uns das Quartier doch morgen bei einem grossen Spaziergang an», nimmt Annina den Faden wieder auf, «dann muss ich nicht wieder alleine wandern gehen.»

«Können wir. Mir gefällt es hier wirklich gut. Der Ort ist bodenständig und hat alles was man braucht.»

«Serendipität», sagt Annina mit verdrehten Augen und sie müssen beide lachen.

Severin erzählt Annina vom Besuch beim Fahrradladen. Ihnen wird bewusst, wie nahe Glück und Pech doch beieinander liegen können. Ihre Gedanken werden unterbrochen durch die Kellnerin, die ihnen die Getränke und einen Gruss aus der Küche bringt. Sie bestellen beide die von Lolo empfohlene *friture de carpe*, mit Pommes Frites und Salat, dazu eine Wasserkaraffe und prosten einander mit ihren Gläsern zu. Gespannt probieren sie ihr *amuse bouche*, bestehend aus einem Löffel Randen Tartar an Balsamico Essig auf Meerrettichschaum. Wenige Minuten später beissen sie herzhaft in die fritierten Karpfenstücke und finden die lokale Spezialität köstlich.

Es ist schon fast fünfzehn Uhr, als Severin und Annina aus dem Cigale in die heisse Nachmittagssonne treten. Dem feinen Fischessen ist noch ein Dessert gefolgt, *ile flottante* für Severin, *crème brûlée* für Annina, zum Schluss zwei *p'tits cafés*. Severin greift sich den Gurt seiner Shorts und stellt ihn mit einem grossen Seufzer eine Stufe weiter. Danach geht er sein Fahrrad beim Parkplatz holen. Zusammen spazieren sie zurück ins *centre ville* und setzen sich später wieder in den Park hinter der ehemaligen Fabrik auf eine Bank, diesmal mit Blick auf den Petit Doubs. Severin holt die am Morgen gekaufte Zeitung aus dem Rucksack und sie versuchen beide mit ihren beschränkten Französischkenntnissen die aktuellen Artikel zu verstehen. Sie drehen sich hauptsächlich um den Tod der englischen Königin, aber auch um die Dürre als Folge der anhaltenden Hitze in der Region.

18

im April 2023

Leah sitzt wie ein Haufen Elend auf dem Sofa. Sie starrt auf ihre Hände, die von der Arbeit im Café gezeichnet sind. Sie ist sich inzwischen sicher, dass es gar keine gute Idee gewesen ist, hier einfach aufzukreuzen. Auf ihren Beinen liegt ihr Mobiltelefon. Sie muss Bob anrufen, der etwas entfernt in einem Park wartet. Sie haben ausgemacht, dass sie sich meldet, wenn er herkommen soll. Aber Severin hat sich seit ein paar Minuten nicht mehr gerührt. Er sitzt ihr gegenüber auf einer schicken, beigen Liege. Nicht entspannt, wie man darauf liegen und allenfalls ein Buch lesen soll, sondern auf der seitlichen Kante der Liege, die Ellbogen auf seine Beine abgestützt und den Kopf in den Händen begraben. Sie hört seinen Atem. Schwer und unregelmässig. Sie wartet. Er ist älter geworden. Hat noch weniger Haare auf dem Kopf als damals. Sein Gesicht scheint kantiger geworden zu sein, Falten um Mund und Nase. Aber gut sieht er aus.

Sie nimmt ihr noch halbvolles Glas mit Wasser, steht auf und wendet sich der Küche zu. Sie leert den Rest ins Spülbecken und stellt das Glas auf die Ablage. Ihr Blick streift Fotos, die am Kühlschrank mit Magneten befestigt sind. Fotos von Annina und Severin. Severin hat seinen Arm um Anninas Schulter gelegt, ein Fluss ist im Hintergrund zu sehen. Sie sehen glücklich aus. Leah wendet sich ab, schaut aus der verglasten Tür, die wohl zu einer Terrasse geht. Es ist dunkel draussen. Sie sieht beleuchtete Fenster in einem Haus auf der anderen Seite der Strasse. Sie muss die Frage jetzt stellen. Sie ist wichtig.

«Severin? Severin, möchtest du deinen Sohn sehen?»

Das schwere Schnaufen wird unterbrochen. Severin atmet leise ein.

«Ich weiss nicht», antwortet er leise durch seine Hände, «ich weiss es wirklich nicht.»

«Er würde sich freuen.»

«Ich weiss es nicht», wiederholt Severin, «ich bin völlig überfordert mit dieser Situation, mit diesem Gedanken.»

Vor dem Haus bellt ein Hund. Er hört dumpf Stimmen und Schritte.

Bald wird der Schlüssel ins Schloss gesteckt und die Tür geöffnet. Hardy stürmt herein und bellt vor Aufregung. Kunz hört Annina durch die Tür ins Entrée schlüpfen. Sie flüstert. Die metallenen Kleiderbügel an der Garderobe erklingen, der Mantel wird aufgehängt. Annina tritt ins Wohnzimmer, aus ihrem Schatten löst sich eine andere Person.

«Ich habe noch mehr Besuch mitgebracht», sagt sie nun.

Severin löst seinen Kopf aus den Händen und schaut hin. Ein junger Mann steht da. Ohne Zweifel sein junges Ich. Er kann es nicht fassen. Wie ein Bild aus seinem Fotoalbum.

Annina fährt fort: «Severin, dies ist Bob. Bob, dies ist Severin oder wie auch immer du ihn nennen magst.»

«Bob?», fragt nun Severin, schaut zu Leah, «Robert? Wie mein Vater?»

Leah nickt und antwortet: «Ja. Bob.»

Kunz schiessen Tränen in die Augen.

Er steht auf und geht mit wackligen Schritten zu Bob und drückt ihm die Hand.

«So!», ruft Annina. «Es ist Zeit für ein Glas Champagner!»

Sie geht zum Kühlschrank, nimmt eine Flasche heraus, welche hier auf spezielle Anlässe wartet, öffnet danach den Küchenschrank und nimmt Sektkelche hervor. Sie löst die Aluminiumhülse vom Kopf der Flasche, dreht das Drahtgitter auf, entfernt es und lässt mit einem lauten Knall den Korken durch die Küche fliegen.

Sie füllt die Gläser und bringt sie herein.

Severin und Bob stehen drei Meter auseinander und mustern einander. Severin löst sich aus seiner

Starre, öffnet seine Arme, geht zu Bob und umarmt ihn mit lautem Schluchzen.

19

September 2022

«Kauf dir doch ein Haus! Oder eben eine alte Bruchbude! Warum auch nicht?», redet sich Annina in Rage. «Du hast eine gut bezahlte Arbeit, keine Kinder, du hast deine Modelleisenbahnfreunde. Wobei, wann warst du eigentlich das letzte Mal da?»

«Hmm, schon lange nicht mehr. Du hast recht», antwortet Severin zerknirscht.

«Siehst du! Und wenn du also denkst, du würdest gerne ein Haus renovieren und gestalten, dann mach doch einfach!»

Severin grübelt vor sich hin. Anninas geplanter grosser Spaziergang war wie so oft in einer grossen Wanderung ausgeartet. Sie waren zuerst dem nördlichen Ufer des Kanals gefolgt, flussaufwärts. Nach kurzer Zeit trafen sie auf zwei Schleusen. Trotz des heissen Wetters waren keine Touristenboote unterwegs. Einmal nur passierten sie eine als Mietsboot gekennzeichnete Seahorse. Vertäut am Kanalbord lag sie leicht schaukelnd im Wasser. Eine Familie sass unter einem Sonnenschirm auf dem Deck und spielte Karten.

Das Tal lag hier breit, überall gab es Felder. Viele davon waren bewachsen mit Maispflanzen, die sehr trocken aussahen. Lange trafen sie auf keine Schleuse und somit auch auf keinen Übergang auf die andere Kanalseite mehr. Als sie nach einer weiteren Dreiviertelstunde eine Schleuse mit Brücke erreichten, führte die weggehende Strasse nur in eine Sackgasse. Inzwischen durstig geworden, folgten sie dem Kanalweg zwangsläufig weiter, kamen an der Stelle von Anninas Sturz vorbei, bis sie endlich zu einer Brücke kamen. Hier befand sich auch ein kleines Café, wo sie auf Plastikstühlen sitzend ihren Durst löschen konnten.

Gestärkt folgten sie nun der Strasse vom Wasser weg und fanden in einem grossen Bogen zurück nach Vraie-Croix-sur-le-Doubs. Inzwischen war längst Mittag vorbei und da der neue Supermarkt sonntags um zwölf Uhr dreissig schloss, entschieden sich Annina und Severin dazu, dem Café de la Paix einen Besuch abzustatten. Gigi brachte ihnen Sandwiches und Bier zur Terrasse.

Heute war spürbar weniger Betrieb in der Stadt, die Geschäfte waren alle geschlossen und auch im Café de la Paix schien die Zeit still zu stehen. Kunz lockerte sich die verkrampften Muskeln.

«Ich bekomme sicher Muskelkater», jammerte er.

«Dann war es den Spaziergang ja wert.»

«Spaziergang…», äffte Severin sie nach und streckte Annina die Zunge heraus.

«Du wolltest mir noch das Quartier zeigen, in das du dich verliebt hast?», fragte nun Annina, ohne auf Severins Gejammer einzugehen.

Sie zahlten, verliessen die Terrasse des Cafés de la Paix und folgten bald der kleinen Strasse, die dann über den Bahnübergang in das Quartier führte. Severin zeigte Annina die kleinen Reihenhäusereinheiten mit meist zaunumrandeten kleinen Vorplätzen und den kurzen Treppen die ins Hochparterre führten.

Gemeinsam erkundeten sie das Quartier, versuchten zu erahnen, wo die einzelnen Wohneinheiten geteilt waren und wie deren Zustand war. In diesem Vorplatz standen Kinderspielsachen, in jenem stand ein Betonmischer, dessen orangene Farbe mehrheitlich abgeplatzt war. Daneben waren Blumentöpfe zu sehen zwischen denen schwarze und graue Mülltonnen standen. Annina versuchte zu zählen. Drei oder vier Wohneinheiten waren in einem Gebäude.

Sie folgten der Strasse und entdeckten weitere Gebäude. Auf der einen Seite waren sechs Hauseingänge in einer wohl etwas neueren Gebäudeeinheit zu sehen. Sie war eher schmucklos und nur einstöckig. Auf der anderen Strassenseite hingegen war ebenfalls wieder der Typ Haus zu sehen, der Kunz auf seiner Entdeckungsreise so gefallen hatte. Einziger Unterschied war, dass dieser nun längere Gebäudekomplex vor dem sie stehengeblieben waren, keine Vordächer über den sechs Eingängen hatte.

Hier hatte Severin zuvor zu Annina gesagt, dass er grosse Lust hätte, eine solche Einheit als Ferienhaus zu haben und zu sanieren.

«Was das wohl kostet?», fragt jetzt Annina.

«Häuser kosten hier nicht die Welt», antwortet Severin, «ausserdem sind es sehr kleine Wohneinheiten. Ich würde eines wollen, an dem noch Hand anzulegen ist.»

Als wären sie zwei Immobilienexperten, nehmen sie die Häuser nun unter die Lupe.

«Das Ziegeldach sieht gut aus. Das scheint einmal erneuert worden zu sein», schätzt Severin.

«Dieses hier wurde bereits gestrichen. Aber das Weiss passt nicht so zum Rest.»

«Schau, im Giebel ist eine Tafel angebracht. 1926! Aus den neunzehnzwanziger Jahren. Dachte ich es mir doch!»

Vor dem Gebäude steht ein grosser Betonpfahl mit angebrachter Strassenlaterne. Davon weg scheint auch die Strom- und Telefonversorgung für die einzelnen Hauseinheiten zu gehen. Unzählige Kabel führen zu verschiedenen Orten in Dach und Fassade. Sie folgen dem Gebäude nach rechts. Hier hat jemand eine weisse Tür und da jemand einen Rollladen mit aussen angebrachtem Kasten ergänzt. Trotzdem ist die Gebäudehülle noch als einheitliches Ganzes zu erkennen.

Die letzte Einheit am rechten Rand ist nur etwa vier Meter breit und sieht etwas verlassen aus. Der Vorplatz steht leer. Überall wuchert kniehoch Unkraut daraus. Auf dem Handlauf des terrakottagefliesten Treppenaufgangs ist nicht mehr viel Farbe, dafür umso mehr Rost zu sehen. Hier gibt es vor der Haustür einen massiven Holzladen, an dem die maronenbraune Farbe abblättert. Dies ist auch auf den Läden des einzelnen Fensters zur Strassenseite hin so. Am Steinrahmen des Eingangs ist die Hausnummer angebracht, die nun Severins Interesse weckt.

«Vierundvierzig!», ruft Severin begeistert, «meine Lieblingszahl gleich zweimal hintereinander!»

«Ach, wirklich?», antwortet Annina sarkastisch.

«Dieses Eckhaus und kein anderes», sagt nun Severin würdevoll, «und schau, einen kleinen Garten mit Garage gibt es.» Sein Blick ist längst auch sehnsüchtig auf den am Gebäude angebrachten windschiefen Schuppen geheftet, der sich gut für Gartengeräte eignen würde.

«Sieh Severin, dahinter ist der Kanal und man hat einen Blick über die Felder zum Doubs», schwelgt nun auch Annina.

Severin wirft im Hirn ein paar Zahlen umher und rechnet. Dann stutzt er, findet sich plötzlich kindisch.

«Das ist doch eigentlich alles unnötig», sagt er nun ernsthaft.

«Severin, ich habe es dir schon einmal gesagt!», regt sich nun Annina auf. «Du hast im Gegensatz zu mir viel Geld auf der Seite, hast keine Kinder, hast wenige Hobbies, gönnst dir ausser Büchern eigentlich fast nichts! Was hast du zu verlieren?»

«Vierundvierzig», wiederholt Severin und schaut nochmals sehnsüchtig zum Hausteil.

«Wie heisst die Strasse?»

«Rue des Billes», sagt nun Severin, wie in Trance.

20

im April 2023

«Vater», Severin lässt sich das Wort auf der Zunge zergehen.

Leah und Bob sind diesen Abend noch eine Weile geblieben, bevor sie in ihr Hotel zurück gefahren sind. Die meiste Zeit haben sich Bob und Severin einfach nur still und neugierig angeguckt, während Leah und Annina miteinander gesprochen haben. Fürs Wochenende werden sie zurückkehren.

Zweiundzwanzig Uhr ist schon vorbei, als Severin und Annina die Treppe hochgehen. Auf der dritten Treppenstufe befinden sich mehrere Briefe, die an Severin adressiert sind. Annina hat sie wie üblich hierhin gelegt. Das oberste Couvert trägt das Signet des Internationalen Roten Kreuzes. Es scheint eine Spendenaufforderung zu sein. Er hat schon mal dafür gespendet. Kunz entschliesst sich die Briefe für heute sein zu lassen und folgt Annina nach oben.

Das Haustelefon klingelt plötzlich. Hardy beginnt sogleich zu bellen, ob des ungewohnten Geräuschs. Auch Severin hat sich erschrocken, selten klingelt das Haustelefon.

«Werbeanruf oder deine Mutter», rät Annina lakonisch, die Zahnbürste bereits im Mund.

«Meine Mutter», antwortet Severin mit Blick auf das Display des Apparates und drückt auf die Rufannahme.

«Severin?»

«Ja. Hallo Mama.»

«Wir sind wohlbehalten von der Costa Brava zurückgekehrt.»

Kunz hat den Rückkehrtermin vollends vergessen.

«Ah, schön. Herzlich willkommen zurück.»

«Danke! Wie geht es Hardy?»

«Hardy geht es gut», antwortet Kunz und fügt grinsend hinzu, «er muss bald zu einer Grossmutter zurück.»

In der Leitung ist es still. Plötzlich ertönt das Besetztzeichen.

«Was ist?», fragt Annina.

«Sie hat einfach aufgelegt.»

Es dauert keine zehn Minuten und es klingelt an der Tür.

Annina hat inzwischen ihren Pyjama angezogen. Sie geht die Treppe hinunter, macht das Licht im Entrée und vor der Haustür an und sperrt auf.

«Annina!», ruft Madeleine Kunz, Severins Mutter, laut und umarmt Annina stürmisch, «wenn ich das gewusst hätte, dann hätte ich längst schon zu stricken begonnen.»

Alfred, der Freund von Severins Mutter, schiebt sich nun auch durch die Tür, drückt Annina die Hand und sagt mit feierlicher Miene: «Herzliche Gratulation.»

Madeleine Kunz beginnt nun Anninas Bauch zu streicheln.

«Ha- ha- halt», sagt Annina verwirrt, «hör auf, Madeleine. Ihr habt hier wohl etwas missverstanden.»

Severin kommt nun ebenfalls die Treppe herunter. Er hat sich einen Kapuzenpulli über den Pyjama angezogen.

«Mama! Alfred!», begrüsst er nun seine Mutter und deren Partner, «Annina ist nicht schwanger.»

«Wie?», ruft nun Madeleine Kunz enttäuscht und entrüstet.

«Dein Enkel ist schon achtzehn Jahre alt, spricht englisch und heisst Bob», antwortet Kunz und schiebt nach, «Bob, Kurzform von Robert.»

Madeleine Kunz steht mit offenem Mund im Entrée und setzt sich langsam auf den Stuhl, der hier steht, damit Severin jeweils sitzend die Schuhe binden kann.

«Ich brauche einen Schnaps», antwortet sie.

21

im September 2022

«*Attaque la boule!*», schreit ein kleiner, glatzköpfiger alter Mann und fordert seinen Kumpanen zum Schuss mit der Metallkugel auf, „*si tu fais un carreau, on va gagner!*»

Sein Teamkollege Gérome, ebenfalls ein älterer Mann, er aber grossgewachsen und von hagerer Statur, die Zigarette im Mundwinkel, tritt in den Kreis, den eine junge Frau mit blonden Haaren vorher mit einem Holzstöckchen in den Kiesboden gezeichnet hat. Sie hat eine Minute zuvor das Schweinchen, *le cochonnet*, wie Franzosen die kleine Holzkugel nennen, auf das Spielfeld geworfen und dann aus dem Kreis eine erste Kugel unmittelbar neben die Holzkugel platziert. Gérome tritt also in den Kreis, nimmt eine seiner Stahlkugeln in die rechte Hand. In der linken verbleiben noch zwei Kugeln. Er geht leicht in die Knie, zieht seinen rechten Arm langsam nach hinten, kneift die Augen zusammen und lässt den Arm nach vorne schnellen. Die Kugel folgt seiner Bewegung, verlässt die Hand und fliegt in einem Bogen nach vorne, trifft auf den Kies- und Sandboden und hinterlässt fünf Zentimeter von der bereits liegenden Kugel entfernt einen beigen Fleck.

«*Putaine de la merde!*», schreit nun der Glatzköpfige und dreht sich um, «noch einmal, Gérome!»

Dieser hat den Kreis gar nicht verlassen, zieht an seiner Zigarette und wiederholt den Schuss nochmal. Diesmal mit besserem Erfolg. Seine Kugel trifft die Kugel der jungen Frau exakt in dem Winkel, dass sie weggespickt wird, während Géromes Kugel an ihrer Stelle liegenbleibt.

Der Glatzköpfige fängt laut an zu singen: «*On-va-gagner, on-va-gagner....*» und knufft seinen Teamkollegen in die Seite.

Die junge Frau lässt sich davon nicht beirren. Sie steigt in den Kreis und spielt erneut eine Kugel. Sie rollt, rollt auf Géromes Kugel zu, gibt ihr einen kleinen Schubs und bleibt nahe der kleinen Holzkugel stehen. Der Glatzköpfige stampft mit seinen Füssen auf die Erde, so dass vom Boden eine Staubwolke aufsteigt. Er bespricht sich kurz leise mit Gérome, tritt in den Kreis und spielt selbst eine Kugel. Diese fliegt etwa zwei Drittel der Strecke durch die Luft und trifft beim Aufprallen auf den Boden genau einen kleinen Stein, wird abgefälscht und kommt weit weg vom Spielgeschehen zu stehen. Er spielt weitere zwei Kugeln, etwas besser zwar, aber trotzdem nicht näher, als diejenige der jungen Frau. Der Glatzköpfige verwirft seine Hände. Gérome tritt nun wieder in den Kreis. Seine letzte Kugel misslingt ebenfalls.

Nun kann die junge blonde Frau ihre letzte Kugel spielen. Sie spielt sie anders, als Gérome und der Glatzköpfige ihre gespielt haben. Sie spielt die Kugel ganz flach, lässt sie rollen. Sie rollt zwischen den anderen Kugeln durch und kommt an ihre eigene Kugel angelehnt zu stehen. Der Partner der jungen Frau jubelt. Er lässt seine ungespielten Kugeln fallen und ruft: «Dreizehn Punkte! Wir haben gewonnen!»

Severin und Annina schauen zu, wie der Glatzköpfige und Gérome widerwillig den Gegnern gratulieren.

«War das spannend», sagt Severin, «ich könnte ewig zuschauen.»

Sie verlassen den Pétanqueplatz, der hier zwischen zwei Autoparkplätzen und einem Kinderspielplatz am Ufer des Doubs angelegt ist. Annina muss weiter zum *centre médicale*, zur Kontrolle ihres Arms. Severin will die Zeit nutzen und nochmals bei ‚seinem' Haus vorbeigehen. Er wählt diesmal den Weg dem Kanal entlang und biegt bald in die Rue des Billes ein. Der Hausteil liegt verlassen da. Neugierig begutachtet er den Garten und versucht einen Blick durch die Fenster an der Stirnseite des Hauses zu werfen.

«Es ist niemand da!», hört Severin da plötzlich die Stimme einer Frau rufen.

Er guckt sich nach der Ruferin um. Sie steht auf der Treppe vom zweiten Eingang ins Haus und trägt eine blaue Schürze. Sie geht die Treppe hinunter und tritt durchs offene Tor auf die Strasse.

«Es hat mir niemand gesagt, dass heute eine Besichtigung ist. Entschuldigen Sie.»

«Eine Besichtigung?», antwortet jetzt Kunz verwundert.

«Der Hausteil steht schon länger zum Verkauf, aber das Angebot scheint nicht so beliebt zu sein. Die Eigentümer haben aber wohl auch einen Preis im Kopf, den niemand bezahlen wird.»

Severin überlegt.

«Darf ich es besichtigen?», fragt er jetzt die Frau.

«Klar doch, ich öffne Ihnen.»

Sie geht durch den Durchgang beim zerbeulten Briefkasten, zieht sich am Treppengeländer hoch und schiebt den Riegel des Holzladens zur Seite, so dass dieser aufgeht. Sie steckt den Schlüssel ins Schloss der Haustür, dreht um und öffnet. Kunz tritt ein. Es riecht etwas muffig. Es hat wohl schon länger niemand mehr darin gewohnt.

«Schauen Sie sich nur alles an», sagt nun die Frau, «schliessen Sie bitte alles wieder ab, wenn Sie fertig sind und bringen mir dann den Schlüssel?»

«Mache ich», antwortet Severin Kunz.

Das Haus ist wirklich klein, ist der erste Gedanke, der Severin durch den Kopf schiesst. Gleich bei der Eingangstür geht links eine Treppe hoch. Sie windet sich nach rechts, der Innenwand entlang. Darunter scheint der Abgang in den halb ins Erdreich versetzten Keller zu gehen. Er schaut sich nach einem Lichtschalter um. Alle Fensterläden sind geschlossen. Es scheint aktuell keinen Strom zu geben. Deshalb geht Severin zum Fenster zur Kanalseite hin und öffnet es. Der Fensterladen lässt sich öffnen und Licht durchflutet den Raum. Eine alte, kleine Küche ist zu sehen. Ein freistehender Kochherd, mit ziemlich eklig anmutenden Herdplatten. Darunter die Tür zu einem Backofen. Ein Wassertrog aus Stein steht daneben, mit einem ausladend grossen Wasserhahn, der an der Wand befestigt ist. Die Zuleitung ist der Wand entlanggeführt und scheint aus Eisen zu sein. Viele Schichten Farbe sind darauf gekleckst worden. Unter dem Wassertrog ist ein einfaches Holzgestell zu sehen, mit einem Stoffvorhang davor, der ein grässliches Blumenmotiv trägt. Severins Blick wandert weiter. Ein einfacher Bollerofen aus Gusseisen steht da und ist mit einem Rohr an den Kamin angeschlossen. Daneben gibt es noch eine kleine Tür in einen mit Holz verkleideten Raum. Er öffnet die Tür und sieht darin eine alte Kloschüssel und auch ein Miniaturwaschbecken, das an der Wand befestigt ist. Er schliesst die Tür. Der restliche Raum dient als Ess- und Wohnzimmer. Klein zwar, aber Kunz kann sich vorstellen, dass man den Raum durchaus gestalten kann.

Er geht die Treppe hoch, nach oben. Es knarrt, während er Stufe für Stufe erklimmt. Oben gibt es zwei Türen und beide führen je in einen kleinen Raum mit einem Fenster in östlicher Richtung. Er verzichtet darauf die Fensterläden zu öffnen und nimmt stattdessen die Taschenlampe seines Mobiltelefons zuhilfe. Die Räume haben seitlich etwa einen Meter hoch senkrechte Wände, dann geht es schräg der Dachkante entlang. An den Wänden gibt es kleine Elektroheizkörper.

Severin schliesst die Türen wieder und geht die Treppe hinunter. Er fragt sich, ob es in diesem Hausteil auch ein Bad gibt. Bisher konnte er es nicht finden.

Er öffnet die Brettertür, die wohl in den Keller führt und geht hinab. In den Ecken befinden sich Spinnweben. Im Kellergeschoss findet er einen kleinen Elektroboiler, der an der Wand befestigt ist. Die Warmwasserversorgung. Und dahinter steht eine Duschwanne mit einem Vorhang, der an der Decke befestigt ist. Daneben gibt es wiederum ein Spülbecken aus Stein und in der Ecke steht eine alte Waschmaschine. An der hinteren Wand erkennt er im Schein des Mobiltelefonlichts eine Tür. Er dreht den Schlüssel und öffnet sie. Licht und Wärme fluten den Raum und Severin kann in den hinteren Teil des Gartens treten. Von hier aus kann man den Kanal und den auf der anderen Kanalseite liegenden Weg erkennen.

Kunz geht zurück, schliesst die Tür zum Garten wieder ab, geht nach oben und steht schon wieder bei der Haustür. Er schätzt das Haus auf weniger als fünfzig Quadratmeter Wohnfläche. Es ist alles zu renovieren, aber die Basis scheint solide zu sein. In seinem Kopf geht er Zahlen durch. Er rechnet mit einem tiefen Quadratmeterpreis, da eine Komplettrenovation anstehen würde. Er rechnet noch einen Betrag dazu, da es immerhin eine kleine Gartenfläche, einen windschiefen Schuppen und die lottrige Garage gibt.

Er sperrt den Hausteil zu und bringt den Hausschlüssel zur Nachbarin.

«Was wollen die Eigentümer für den Hausteil denn haben?», erkundigt sich Kunz.

«Sie haben es ausgeschrieben für 42‘000 Euro.»

Kunz überlegt. Seine Berechnung zeigt eine Zahl, die darunter liegt. ‘Mehr ist es aber auch nicht wert’, sagt er zu sich selbst.

«Kann ich ein Angebot hinterlegen?», fragt er die Nachbarin.

«Ich gebe Ihnen Stift und Papier. Dann können Sie es aufschreiben. Fügen Sie auch Ihre Kontaktdaten hinzu.»

Severin Kunz legt das Papier auf den Briefkasten der Nachbarin. Er schreibt seine Berechnung auf das Papier und unterstreicht seinen Angebotspreis. Darunter nennt er seine Adresse, mit Telefonnummer und E-Mail-Adresse. Er faltet das Blatt, gibt es der Nachbarin, die es sogleich in ein Couvert verpackt. Kunz verabschiedet sich von ihr und geht die

Rue des Billes zurück. Bei der Abzweigung zum Kanal wirft er einen Blick zurück, lächelt und ist sich sicher, nie mehr etwas davon zu hören.

22

Pfeiffend geht Severin Kunz dem Kanal entlang zur Schleuse, die mitten im Ort neben dem ehemaligen Hotel Marine mit der abbröckelnden Fassade liegt. Er biegt ab und folgt der Strasse, zuerst den Geschäften und anschliessend Wohnhäusern entlang, in Richtung des *centre médicals*.

Bald hat er den grauen Bau erreicht, tritt ein und begibt sich zum Wartezimmer. Annina wartet noch.

«Wir haben Verspätung», kommentiert Annina ihre Lage und legt den heutigen L'Est Républicain, in dem sie geblättert hat, zur Seite.

Severin zuckt mit den Schultern und antwortet: «Wir haben Zeit.»

Nach einer weiteren halben Stunde ruft sie die Ärztin ins Behandlungszimmer und erkundigt sich, wie sich Annina fühlt.

Annina deutet auf den Gips und antwortet mit einem Lachen: «Sofort abnehmen, bitte.»

«Das machen wir doch gleich. Jedoch nur für ein paar Minuten», antwortet die Ärztin schelmisch grinsend, «damit wir nochmals röntgen können.»

Sie löst den Verband, der sich um den Gips legt und entfernt die Gipsschiene behutsam. Danach führt sie Annina in einen anderen Raum zum Röntgen. Während die Ärztin die Röntgenbilder analysiert, verbindet eine Praxisassistentin den Gips wieder, sehr zum Unmut Anninas. Die Ärztin allerdings zeigt sich zufrieden mit der Entwicklung und verspricht Annina eine Heilung in fünf Wochen. Sie gibt ihr ein Schreiben für ihren Hausarzt in der Schweiz mit und instruiert sie, sich damit nächstens bei ihm zu melden.

Mittlerweile ist es Mittag geworden. Sie gehen zurück ins *centre ville*. Der Pétanqueplatz ist verweist, die Spieler haben sich vor der drückenden Mittagshitze ins Innere der Häuser verzogen.

«Scheint so, als wäre unser Aufenthalt in Vraie-Croix langsam zu Ende», sagt Annina und zeigt auf den leeren Platz, «es verstecken sich schon alle vor uns. Es ist Zeit heimzugehen.»

Sie beschliessen, noch eine Nacht bei Lolo zu bleiben und planen ihre Rückreise per Zug.

Sie erkundigen sich, ob es allenfalls möglich wäre die Fahrräder im Zug mitzunehmen, entscheiden sich aber mit Blick auf Anninas verletzten Arm dagegen. Severin wird später mit dem Auto die rund zwei Stunden dauernde Fahrt nach Vraie-Croix-sur-le-Doubs zurücklegen und die Fahrräder holen.

Sie geniessen abends nochmals ein gepflegtes Nachtessen im Cigale und begeben sich am nächsten Morgen nach einer herzlichen Verabschiedung von Lolo mit ihrem Gepäck zum SNCF-Bahnhof, um mit dem Zug über Belfort, Mulhouse und Basel nach Olten zurückzukehren.

«Adieu, Vraie-Croix», sagt Annina, als sie die letzten Häuser der Stadt zurücklassen und der Regionalexpress beschleunigt, «es war schön hier.» Bald schon hat der Zug sein Reisetempo erreicht und draussen ziehen die Felder der Doubs-Ebene an ihnen vorbei.

23

im April 2023

Die Zeit vergeht langsam. In den menschenleeren Räumen des Berufsbildungszentrums ticken die Uhren langsamer als sonst. Hin und wieder erklingt der Gong, der die Pausen anzeigt. Ein Dreiklang, der auch für die schulfreie Ferienzeit nicht abgeschaltet wird. Manchmal huscht ein Lehrer durch den Gang, der die schulfreie Zeit nutzt, um Unterrichtsvorbereitungen zu treffen. Manchmal auch um etwas zu drucken oder zu kopieren am Fotokopiergerät, das vor dem Bürobereich im Gang steht.

Severin Kunz hängt seinen Gedanken nach. Er sitzt vor seinem Bildschirm und kann sich nicht auf die Arbeit konzentrieren. Zu viel geht ihm durch den Kopf. Der vorige Abend hat grosse Teile seines bisherigen Lebens auf den Kopf gestellt.

Aus dem Fenster sieht er, wie ein gebrechlich wirkender Herr mit Stock und Hut auf der Bifangstrasse geht und seinen Einkaufswagen zum nahen Einkaufscenter zieht. Behutsam geht er Schritt für Schritt vorwärts und sein beiger Schal weht im Wind. Hin und wieder macht er eine Verschnaufpause, um kurz darauf wieder loszugehen.

'Was mache ich hier?', fragt sich Kunz, 'ich habe einen Sohn, den ich beinahe nicht kenne, von dem ich nichts weiss.' Er freut sich auf das Wochenende. Sie haben sich für den Samstag verabredet. Ob sie daran denken, dass es sein Geburtstag ist? Nachdenklich bemerkt er, dass er bisher noch nie einen Geburtstag von Bob gefeiert hat. Keinen Kindergeburtstag, keinen anderen Geburtstag. Er kennt nicht mal sein Geburtsdatum. Er muss ihn unbedingt danach fragen. Er hat sowieso so viele offene Fragen. Offene Fragen an Leah, aber auch viele Fragen an Bob.

Bob. Die Kurzform von Robert. So wie auch sein Vater geheissen hat. Severin vermisst ihn. Er vermisst seine gemütliche Art, seine warme Ausstrahlung, sein ruhiges Wesen, seine spezielle Art, wie er Severin gezeigt hat, ihn gern zu haben. Nun ist er schon siebzehn Jahre nicht mehr bei ihnen. Er ist einen Tag nach Severins sechsunddreissigstem Geburtstag gestorben, kurz nach der Trennung. Nur eine kurze Zeit hat er seinen vorzeitigen Ruhestand geniessen können. Was hätte er wohl zu einem Enkel gesagt, der den gleichen Vornamen trägt wie er? Er wäre so etwas von stolz darauf gewesen. Sein Vater und Leah, die haben sich gemocht. Stundenlang haben sie miteinander Brettspiele gespielt. Auch sein Vater hat unter der Trennung von Severin und Leah gelitten. Leah wohl auch unter der Trennung von Severins Vater. Sie hat ihrem Sohn den Vornamen ihres Schwiegervaters gegeben.

Severin kullern Tränen über die Wangen, so gerührt ist er. Er holt sich ein Papiertaschentuch aus seiner Mappe, entfaltet es und wischt sich damit die Tränen weg. Er fragt sich, seit wann er so nahe am Wasser gebaut ist. Sein Blick richtet sich zum Gang. Kein Lehrer ist am Kopiergerät. Laut atmet Kunz ein und wieder aus und versucht sich zu beruhigen.

Er denkt an Leah. Hat sie gesagt, sie wolle wieder in der Schweiz leben? Oder hat er sich getäuscht? Warum würde sie das tun wollen? Würde auch Bob bleiben? Würde sie wegen Bob bleiben?

Sein Arbeitsplatztelefon klingelt, neuerdings geschieht dies am Computer. Severin nimmt das Headset von der Ladestation, setzt es auf und will auf Rufannahme drücken. Zu spät. Der Anrufer hat schon aufgelegt oder der Anruf ist auf Voice Mail umgeleitet worden. Er ruft zurück. Heinz, der Direktor des Berufsbildungszentrums antwortet auf seinem Mobiltelefon. Fragt, ob alles in Ordnung sei. Aus seinem Urlaub im Südtirol. Kunz antwortet, dass alles in Ordnung sei und er seine Ferien geniessen solle. Werde er, antwortet sein Vorgesetzter, bei gutem Essen und einer guten Flasche Lagrein. Er unterbricht das Gespräch.

«Nichts ist in Ordnung», sagt Severin leise, «alles ist in Unordnung. Alles ist anders. Alles ist neu.»

Seine Gedanken wandern zu Annina. Zuerst hat sie Anzeichen von Eifersucht gezeigt. Irgendwie hat ihn dies gefreut, und auch beruhigt, obwohl sie ihn die Eifersucht spüren lassen hat. Er hat sich gefreut, festzustellen, dass ihr an ihm viel liegt. So schnell die Eifersucht aber da gewesen ist, so schnell ist sie auch irgendwie wieder verschwunden. Mit dem Auftauchen von Bob. Auch ihre Ängste scheinen verschoben zu sein. Sie hat mit Leah lange geredet.

Kunz schüttelt seine Gedanken ab. Mit aller Kraft versucht er, sich auf seine Aufgaben zu konzentrieren, was ihm zum Teil auch gelingt. Als er nach siebzehn Uhr das Licht löscht und die Tür des Bürobereichs des Berufsbildungszentrums abschliesst, ist er zufrieden damit, doch noch etwas von seiner Arbeit geschafft zu haben.

24

Severin ist früh wach. Durch die Ritzen der Fensterläden sieht er Tageslicht durchdrücken. Er lauscht. Draussen scheint es zu regnen. Das leise Rascheln der auf dem Dach aufprallenden Regentropfen vermischt sich mit dem ruhigen Atmen Anninas. Er nimmt sein Mobiltelefon vom Nachttisch, entfernt das Ladekabel und prüft den Bildschirm. Es ist sechs Uhr siebzehn. Er sieht eine Benachrichtigung. Stefan Bucher, sein bester Freund, mit dem er an der vorherigen Arbeitsstelle viele Jahre zusammengearbeitet hat, sendet ihm Glückwünsche zum Geburtstag. Severin legt das Telefon wieder zurück. Er wird später antworten.

Heute ist der Tag, an dem er Bob wiedersieht. Severin setzt sich im Bett auf. An Schlaf ist nicht mehr zu denken. Annina öffnet die Augen einen Spalt breit und lächelt.

«Happy Birthday, mein Schatz.»

«Danke, danke», antwortet Severin und küsst sie.

«Du bist früh wach», sagt Annina und gähnt.

«Ich bin aufgeregt», antwortet Severin und fragt: «Magst du einen Kaffee?»

«Ja, gerne.»

Severin steht auf, schlüpft in seine Hausschuhe und geht hinunter in die Küche. Er lässt heisses

Wasser in zwei kleine Tassen laufen, um sie zu temperieren und schüttet es dann wieder aus. Er schaltet die Espressomaschine ein und lässt in jede Tasse einen kleinen Kaffee laufen. Die Tassen stellt er auf ein kleines Frühstückstablett und geht damit wieder nach oben. Unterwegs sieht er den IKRK-Spendenbrief, der noch immer auf der Treppe liegt und nimmt sich vor, diesen am Wochenende noch zu bearbeiten.

Später frühstücken Annina und Severin kurz, um danach rasch mit den Vorbereitungen fürs Mittagessen für ihre Gäste beginnen zu können. Immer wieder erklingen Benachrichtigungstöne auf Severins Mobiltelefon. Geburtstagsgratulationen von seiner früheren Mitarbeiterin Kathi, von seinem Chef Heinz treffen ein, alle mit vielen Emoticons. Auch von Hugo Schaller, dem pensionierten Polizisten aus dem Ost-Aargau, der ihnen zum guten Freund geworden ist. Er gratuliert sogar mit einem kleinen Gedicht, gefolgt von einem tränenlachenden Smiley:

Happy Birthday und gute Feier, lieber Severin! Schmerzt danach der Kopf, dann nimm halt ein Aspirin.

Kunz dankt den Gratulanten und will sich wieder an die Vorbereitung des Kartoffelgratins machen, als es an der Tür klingelt. Seine Mutter und Partner

Alfred stehen da, gratulieren und überreichen ihm ein Geschenk und eine eingepackte Flasche Wein.

«Mach doch das Geschenk später auf», sagt seine Mutter, «ist nur etwas Kleines, ausserdem ist heute für euch ja ein wichtiger Tag.»

Severin bittet die beiden herein und macht Kaffee.

Seine Mutter duckst etwas herum.

«So frag' doch schon», sagt Alfred zu ihr.

Sie gibt sich einen Ruck.

«Severin? Wäre es möglich, dass du später mit Bob vorbeikommst, damit ich meinen Enkel kennenlernen kann?»

Severin weiss, seine Mutter und Leah sind nie beste Freundinnen gewesen. Darum hat er sie und Alfred auch nicht zu Besuch eingeladen. Er überlegt kurz.

«Das wird sich sicher einrichten lassen. Ich denke, Bob wird sich sehr freuen, endlich seine zweite Grossmutter kennenzulernen», antwortet Severin. «Lass uns aber etwas Zeit bis zum Abend.»

«Ich freue mich so», sagt nun Madeleine Kunz, «endlich einen Enkel zu haben, ist so etwas Schönes», und sie putzt sich mit Alfreds Stofftaschentuch ein Tränchen aus den Augen.

Severin Kunz ist sich bewusst, dass seine Mutter lange gehadert hat, keine Enkel bekommen zu haben. Severin ist ein Einzelkind und das mit den

Enkeln hat sich, so haben alle gedacht, einfach nie einstellen wollen.

Nachdem seine Mutter und Alfred sich wieder verabschiedet haben, kümmert sich Severin um den Kartoffelgratin. Er fettet die Form, schneidet kleine Knoblauchstücke und legt sie hinein. Danach schneidet er Kartoffelscheiben, schichtet sie sorgfältig, würzt mit Salz, Pfeffer und Muskatnuss, leert etwas Rahm darüber und streut geriebenen Sbrinz Käse darauf. Annina hat inzwischen bereits einen Schokoladenkuchen vorbereitet, der nun im heissen Ofen gebacken wird.

Um elf Uhr klingelt es wieder und Severin geht öffnen.

«Happy Birthday!», klingt es zweistimmig.

Bob und Leah.

«Sorry, wir sind viel zu früh», schwatzt Leah drauflos, «aber Bob hat es einfach nicht mehr ausgehalten und gesagt: '*we are family*, dann darf man sich auch im Pyjama sehen'.»

Bob und Severin umarmen sich lange.

«Das stimmt. *We are family*. Dann kannst du also schon mal den Tisch decken», antwortet Severin schlagfertig. Die beiden legen ihre regennassen Jacken ab und werden auch von Annina begrüsst. Severin drückt Bob Tischsets und Papierservietten in die Hand. Leah legt derweil das mitgebrachte

Geschenk auf den Clubtisch, auf dem bereits dasjenige von Severins Mutter und Alfred liegt.

25

Nach dem Essen setzen sich die vier ins Wohnzimmer. Severin hat zwischenzeitlich im Schwedenofen ein Feuer entzündet, das nun gemütlich vor sich hin knistert. Draussen vor dem Fenster regnet es Bindfäden und alles ist grau.

«Geschenke auspacken!», ruft nun Annina. Sie hat Severin ebenfalls eine schuhkartongrosse Schachtel mit Masche dazugetan.

Severin nimmt gleich das Geschenk von Annina zur Hand. Es ist ziemlich schwer. Er öffnet es, indem er versucht, den Knopf der Masche aufzufädeln.

«Schneller!», ruft Bob bereits ungeduldig.

Kunz nimmt den Deckel von der Schachtel und findet darin aufgeschichtete Holzwolle. Darauf liegt ein Zettel auf dem in geschwungener Schrift steht:

Avec nos meilleurs vœux

de Vraie-Croix-sur-le-Doubs

Unter der Holzwolle entdeckt Severin Trockenwurst, *pâté comtois*, Schinken, reifen *Comté*-Käse, Honig, Marmelade von wilden Brombeeren,

Macarons und eine Flasche *Macvin* vom *panier comtois*.

«Oh, Annina. Vielen Dank!», ruft Severin begeistert. «Wie bist du zu all den leckeren Sachen gekommen?»

«Na ja, mit Internet und Lolos Hilfe ist das kein Problem gewesen.»

Sie erzählen den beiden Gästen aus Irland von ihrem Fahrradurlaub am Canal du Rhône au Rhin und wie die Fahrt in Vraie-Croix-sur-le-Doubs abrupt geendet hat.

Severin öffnet das Geschenk seiner Mutter und entdeckt darin einen mit einem roten Band zusammengehaltenen Stapel alter Kleinkinderkleider. Ihm treten Tränen in die Augen.

«Das sind Babykleider von mir», erklärt er mit brüchiger Stimme, «meine Mutter hat sie für ihr zukünftiges Enkelkind zur Seite gelegt.»

Leah schaut betreten auf den Stapel, der auf Severins Beinen liegt.

«Sie hat sich wirklich ein Enkelkind gewünscht. Es muss hart für sie gewesen sein. Das tut mir so leid», sie stockt und überreicht dann Severin ihr Geschenk. «Gewissermassen ist dieses Geschenk hier ähnlich.»

Severin ist gespannt. Er faltet das Geschenkpapier auseinander und findet ein Fotoalbum. Vorne ist es in farbigen Buchstaben beschriftet mit BOB.

Annina und Bob setzen sich nun beide neben Severin auf die kamelbeige Liege und schauen sich mit ihm das Fotoalbum an. Es zeigt Fotos kurz nach der Geburt, einen kleinen Büschel Haare, Fotos im Sandkasten mit dem Spielzeugbagger, eine Aufnahme von Bob mit blauem Schulrucksack vor einem graugestrichenen Haus und im weissen Kleid bei der Erstkommunion. Hier verdreht Leah die Augen und zuckt mit den Schultern. Severin blättert weiter, findet weitere Bilder von Bob mit seinen Grosseltern, mit Leahs Bruder Sean, mit Leah und zuletzt Aufnahmen von Bob, welche erst kürzlich beim Schulabschluss gemacht worden sind.

«Es hat noch Platz im Album für weitere Bilder in der Zukunft», erklärt nun Leah.

«Schön», sagt nun Severin, «wirklich sehr schön. Vielen Dank.»

Dabei legt er die Arme um Anninas und Bobs Schultern.

26

Severin öffnet die Ofentür und legt ein Scheit Holz in die Glut nach. Er schliesst die Ofentür wieder. Dann schaut er Leah an.

«Habe ich richtig verstanden, dass du wieder in der Schweiz leben willst?», fragt er.

«Ja, das ist mein Plan», antwortet Leah, «ich hatte ein gutes Leben wieder zurück im Donegal. Zumindest in der ersten Zeit. Meine Eltern waren nah, ich hatte zuerst wieder Arbeit in einem Pub bekommen, und Bob war viel bei ihnen. Nach zwei Jahren übernahm ich ein Café im Osten von Letterkenny, wo es einige Firmen mit florierender Industrie gab. Es lief gut. Mein Café wurde gut besucht. Ich verkaufte Sandwiches und meine selbst gebackenen Kuchen waren sehr beliebt. Im Lauf der Jahre konnte ich etwas Geld ansparen, gerade genug, damit die Bank mitmachte und mir 2010 eine Hypothek für ein kleines, neu gebautes, einstöckiges Haus mit zwei Schlafzimmern gewährte.

Ihr wisst, wie die Häuser aussehen: Kleiner Pavillon, etwas Rasenfläche, kurze Einfahrt, so wie es in Irland auf dem Land vielfach aussieht. Ein kleines Stück Geborgenheit für mich und den kleinen Bob.

Eine Zeitlang war ich sicher, alles geschafft zu haben und klar zu kommen. Dann fing das mit den Rissen an. Zuerst nur in einer Ecke, dann immer mehr. Mein Haus war ein Opfer des sogenannten *mica scandals*, falls euch das etwas sagt.»

Leah schaut zu Annina und Severin. Sie schütteln beide den Kopf.

Leah fährt fort: «Dies ist sicher irgendwo in Wikipedia nachzulesen. Es handelt sich um fehlerhafte Betonblöcke, mit denen tausende Häuser vor allem im Norden Irlands in den 2000er Jahren gebaut wurden. Sie zersetzen sich mit der Zeit. In der Fassade und auch im Innern bilden sich zuerst grosse Risse. Dann sprengt es ganze Blöcke und mit der Zeit fällt das Haus förmlich in sich zusammen.

Wir widersetzten uns dem Hauszerfall. Mein Vater lehrte mich, im Plastikkübel Sand mit Zement anzusetzen und die Risse zu stopfen. Mit der Zeit übernahm das auch Bob. Er war in handwerklichen Dingen inzwischen sehr begabt geworden und rührte Zement an, spachtelte und strich anschliessend die Wände wieder neu.

Es gab auch die Möglichkeit eines Schadenersatzprogramms. Voraussetzung um Hilfe zu bekommen war, zuerst über ein sehr teures Gutachten den Nachweis zu erbringen, dass es bei den Schäden am eigenen Haus um das *mica problem* ging. Die finanziellen Mittel dazu hatte ich nicht, da mein ganzes Geld im neuen Haus steckte. Mit der Zeit wurden wir der Risse und dem Zerfall nicht mehr Herr. Es wurde gefährlich im Haus zu wohnen und wir mussten ausziehen. Trotzdem war ich natürlich immer noch gezwungen, die Zinsen und die Amortisation der Hypothek zu bezahlen. Und dann kam die Covid-Pandemie.

Ich musste mein Café monatelang schliessen. Ich bekam einiges an Unterstützung, vom Staat aber auch von meinen Eltern. Aber du weisst, Severin. Mein Vater und meine Mutter mussten selbst immer viel arbeiten. Sie unterstützten mich mit ihrem Notgroschen. Als ich das Café wieder öffnen konnte, lief es nicht mehr richtig. Zuletzt bekamen wichtige Industriebetriebe in unmittelbarer Nähe ebenfalls Probleme und entliessen Personal. Es kam alles zusammen, schlussendlich kamen noch die hohe Inflation und die deutlich höheren Zinsen für die Hypothek dazu. Ich verkaufte mein Grundstück und das baufällige Haus an einen Investor, der es abreissen und neu bauen wird. Es verblieb nun noch ein Schuldenbetrag bei der Bank. Da viele Hauseigentümer im Donegal vom *mica scandal* betroffen waren, wie ich, kam es zu Bürgerinitiativen und grossen Protesten. Viele Familien waren in der genau gleichen Lage. Es gab Anzeichen, dass die Proteste Wirkung zeigen. Vielleicht wird mein Schuldenbetrag bei der Bank deshalb in Zukunft noch durch den Staat oder durch Unternehmen getilgt, die diesen Skandal verursacht haben und Verantwortung dafür übernehmen müssen.»

«Das heisst, du fängst hier noch einmal von vorne an?», fragt Annina.

«Sieht so aus. Ich bin ein Stehaufmännchen. Ich habe bereits von Irland aus im Gastgewerbe gesucht und in Aarau einen Landsmann gefunden, der mich für sein irisches Pub einstellt. Es scheint hierzulande sehr schwierig zu sein, Gastgewerbepersonal zu finden.»

Severin nickt.

«Und Bob?», fragt er.

«Ich habe erstmal genug von der Schule und möchte deshalb ein Handwerk erlernen», antwortet Bob.

«Du willst eine Berufslehre machen?», fragt Annina.

«Ja, wenn das geht. Notfalls muss ich auf dem Bau arbeiten gehen. Ohne Berufslehre.»

«Sprichst du deutsch?»

«Ein *bitzli*», antwortet Bob lachend.

Severin überlegt.

«Das reicht nicht. Du musst unbedingt zum intensiven Deutschkurs gehen. Also trotzdem zur Schule. Dann könnte es klappen. Wenn du Hochdeutsch sprichst, kannst du auch in der Berufsschule bestehen. Schweizerdeutsch wirst du von deinen Kolleginnen und Kollegen automatisch lernen.»

Severin setzt nun eine ernste Miene auf: «Weisst du Bob, wenn du direkt auf den Bau gehst, wirst du fürs erste viel mehr verdienen, als wenn du eine Berufslehre für ein Handwerk machst. Auf lange Zeit aber wirst du es mit der Berufslehre viel weiterbringen. Ausserdem bist du noch jung und hast Zeit», setzt er hinzu, um grinsend zu ergänzen, «und aus meiner eben erst entstandenen Vaterperspektive empfehle ich dir, den härteren Weg der Berufslehre zu gehen. Ich unterstütze dich dabei, wo ich kann. Aber du bist erwachsen und musst selbst wählen, welchen Weg du gehen willst.»

Sie vereinbaren, später noch einmal darüber zu sprechen.

«Wo werdet ihr wohnen?», fragt Annina nun zu Leah gewandt.

«Ich werde für die ersten Monate ein Zimmer im oberen Bereich des Pubs beziehen können. Das wird auch für ein paar Tage mit Bob gehen, wird aber ziemlich eng sein.»

«Ich habe für Bob eine Idee», meint nun Severin gedankenverloren, «ist aber noch nicht spruchreif.»

«Für ein paar Tage geht es natürlich auch in unserem Gästezimmer», sagt Annina, «nur ist dies halt auch mein Büro, wenn ich von zuhause arbeite. Aber wenn Severin noch andere Ideen hat, dann ist das sicher gut, und wir können nun zu Kaffee und Geburtstagskuchen übergehen.»

Alle nicken und erinnern sich daran, dass es heute auch gilt, Severins dreiundfünfzigsten Geburtstag zu feiern.

27

Madeleine Kunz zieht ihre Strickjacke zu und wärmt ihre Hände an den grossen Rohren des Radiators in der Küche. Sie schaut aus dem kleinen Küchenfenster auf die Weingartenstrasse. Draussen regnet es seit Stunden. Ihr ist kalt. Was für ein Unterschied zu den Temperaturen in Roses. Zwar hat es da auch hin und wieder geregnet, aber sie hat jeden Tag mit Alfred am Strand von Santa Margarida und am Pier des Hafens bummeln gehen können. Vor allem aber ist es mindestens fünfundzwanzig Grad wärmer gewesen.

«Ein Scheisswetter ist das hier», brummelt sie vor sich hin. «Nicht wahr, Hardy?»

Hardy liegt in seinem Korb vor dem Heizkörper im Flur, öffnet seine Augen spaltbreit, streckt seine Pfote aus dem Korb und gähnt. Madeleine Kunz löst ihre Hände vom Radiator und füllt den Wasserkocher. Sie giesst sich einen Hagebuttentee in die grosse Tasse. Auf dem Küchentresen steht ein Zitronenkuchen, extra gebacken für Bob. Sie nimmt die Teetasse und setzt sich damit ins Wohnzimmer. Obwohl es erst sechzehn Uhr dreissig ist, muss sie wegen des trüben Wetters Licht machen. Sie legt die gestrickte Wolldecke über ihre Beine und lehnt sich im Sofa zurück.

Alfred ist nach dem Mittagessen zu sich nach Hause gefahren, um zu schauen, ob alles in Ordnung ist. Er braucht wohl auch wieder einmal etwas Zeit für sich alleine, nachdem sie die letzten beiden Wochen praktisch immer zusammen gewesen sind. Seit Dara, seine Windhündin, im vorigen Jahr gestorben ist, beschäftigt er sich mehr und mehr mit seinen alten Büchern in seinem Studierzimmer und liest sehr viel. Er braucht seine Freiheit. Madeleine Kunz kann sich nicht vorstellen, dass er dauerhaft bei ihr wohnen wollen würde.

Hardy trottet ins Wohnzimmer auf der Suche nach seiner Meisterin. Er springt aufs Sofa und legt sich an ihre Beine. Madeleine Kunz nimmt einen Schluck Tee und tätschelt ihn. Er gähnt erneut.

«Du bist auch müde», sagt sie zu ihm.

Sie hat schlecht geschlafen die letzten Tage. Einerseits liegt ihr die Busreise aus Spanien noch in den Knochen und andererseits ist sie so aufgeregt, ihren Enkel endlich zu treffen. Ob er seiner Mutter gleicht?

Sie hatten nie wirklich zueinander gefunden. Leah war plötzlich von einem auf den anderen Tag da, als Severin von seiner Irland-Reise zurückkehrte. Vielleicht war sie eifersüchtig? Oder sie gab ihr die Schuld, dass Severin von nun an auf beiden Beinen stand? Auf jeden Fall zogen die beiden sofort zusammen in eine eigene Wohnung und sie hatte nur noch ihre Aufgabe als Kindergärtnerin. Leah hatte nie wirklich Kinder gewollt, dachte sie zumindest. Vielleicht hat es auch einfach nie geklappt. Sie hatten nie darüber gesprochen. Ausserdem hatte Leah einen ausufernden Alkoholkonsum. Zu Beginn war das noch lustig, aber mit der Zeit hatte sie sich auch für Severin geschämt. Robert konnte es gut mit Leah. Stundenlang spielte er mit ihr Backgammon, etwas das sie nie verstand. Sie selbst mochte keine Spiele, bei denen man Strategien anwenden musste. Das lag ihr einfach nicht.

Dieses Bild von Robert und Leah, am grünen Metall-Gartentisch sitzend und über den Spielsteinen brütend, macht sie erneut eifersüchtig.

«Ich bin eine blöde, alte, eifersüchtige Frau!», sagt sie nun vehement, so dass Hardy vor Schreck aufspringt. «Oh, du armer Hund, habe ich dich auch noch erschreckt. Dein Frauchen ist gerade etwas von der Rolle.»

Sie nimmt die Fernbedienung des Fernsehers in die Hand und drückt darauf. Es läuft ein Rosamunde-Pilcher-Film. Madeleine Kunz lässt den Fernseher laufen und lehnt sich zurück. Hardy hat sich wieder hingelegt und sie krault ihn. Langsam sinkt sie in den Schlaf.

28

Severin lässt Bob mit dem Regenschirm aussteigen und parkt seinen Citroën nahe an der Gartenmauer der Weingartenstrasse. Er steigt auch aus und die beiden gehen zusammen unter dem Regenschirm zum etwas angerosteten Gartentor, treten ein und folgen dem Kiesweg zur Haustür. Severin hat die umliegenden Büsche an einem Samstag im Februar für seine Mutter stark zurückgeschnitten. Er schaut sich befriedigt um und sieht, wie überall wieder neue Blätter spriessen. Er nimmt den Schlüssel aus seiner Tasche, öffnet die Tür und betritt den Eingangsbereich. Hardy kommt angewatschelt und wedelt mit dem Schwanz. Laut ertönt der Fernseher aus dem Wohnzimmer. Da ist auch Licht. Severins Mutter scheint fernzusehen. Sie hängen die Jacken an die Garderobe. Den Schirm haben sie aufgespannt vor der Tür liegenlassen.

Severin schiebt Bob vor sich ins Wohnzimmer. Sie sehen, wie Madeleine Kunz auf dem Sofa schläft. Severin schnippt mit den Fingern. Sie öffnet die Augen und lächelt.

«Severin, wie schön bist du da», sagt sie, den lächelnden Bob vor Augen.

Severin tritt hinter Bob hervor und antwortet: «Hallo Mama.»

Er sieht, wie seine Mutter die Hand vor den Mund hält, rasch aufsteht und die Augen strahlen lässt.

«Bob?»

«Ja, ich bin Bob.»

«Diese Ähnlichkeit…», erwidert sie und hält erneut die Hand vor den Mund.

Bob geht zu ihr hin und umarmt sie.

«Hallo *Grandma'*», flüstert er ihr ins Ohr.

«Hallo Mama», sagt auch Severin nochmals zu seiner Mutter und nimmt die Fernbedienung vom Sofa, um endlich den laut erschallenden Rosamunde-Pilcher-Film zu beenden.

Später macht Madeleine Kunz für sie alle einen Tee und tischt den fein duftenden Zitronenkuchen auf.

Severin sieht, wie seine siebenundsiebzigjährige Mutter erstaunlich mühelos in Englisch mit ihrem Enkel kommuniziert. Es freut ihn, dass die beiden sich gut verstehen. Er spinnt seinen Gedanken weiter und fragt sich, ob im Haus, das für seine Mutter zu gross ist, nicht auch Platz wäre für einen Burschen namens Bob. Vielleicht könnten hier zwei seiner Liebsten von dieser Situation profitieren.

«Was macht deine Mutter, Bob?», fragt Madeleine Kunz später ihren Enkel.

«Sie wartet wohl, dass ich wieder zurückkomme. Sie hat es schwer. Ihr Leben ist in grosser Veränderung, so wie meines auch. Aber sie ist stark.»

Seine Grossmutter nickt.

«Lass sie bitte herzlich von mir grüssen. Wenn du das nächste Mal zu mir kommst, und das ist hoffentlich bald, dann bringe sie doch bitte mit. Ich habe ihr so viel zu sagen.»

Als Severin und Bob später im Auto zurückfahren sagt Bob: «*Grandma'* und *Mom*, die waren nicht so glücklich miteinander, oder?»

«Ja», antwortet sein Vater, «das war definitiv so. Weisst du, beide haben ihren Anteil dazu geleistet. Aber vielleicht ändert sich diese Situation ja gerade.»

29

«Bist du jetzt neuerdings am Wochenende immer früh wach?», fragt Annina leicht verärgert zu Severin, der sich im Bett aufgesetzt hat und sich nun interessiert mit seinem Mobiltelefon beschäftigt.

«Ich habe mir das mit dem *mica scandal* gegoogelt. Auf deutsch nennt sich das Glimmer-Skandal. Man hat die Theorie gehabt, dass ein massiv zu hoher und gegen die Bauvorschriften verstossender Glimmeranteil in Betonblöcken die Ursache der kaputten Häuser ist. Dabei verringert sich die Festigkeit des Betons und ausserdem wird Wasser absorbiert, das in kalten Wintern durch Einfrieren und Auftauen die Blöcke beschädigt.»

«Hm.»

«Es scheinen über fünftausend Wohnhäuser und unzählige Gewerbehäuser betroffen zu sein. Behörden und Politik haben das Problem lange unter den Tisch gekehrt.»

«Hm.»

«Anscheinend hat man aber inzwischen mithilfe der Eidgenössischen Materialprüfungs- und Forschungsanstalt festgestellt, dass bei den Betonblöcken ein unerlaubt hoher Anteil an Pyrrhotin eingesetzt wurde. Dieser scheint eine Kettenreaktion auszulösen, die am Ende den Baustoff zu Staub zerfallen lässt.»

«Schön.»

«Möchtest du Bilder davon sehen?»

«Nein, Severin!», antwortet Annina säuerlich.

«Ist was?»

«Ja. Die liebe Annina möchte am Sonntagmorgen um sieben Uhr keinen Baustoffvortrag vom lieben Severin hören. Viel lieber würde sie in den Arm genommen und geküsst werden, wenn sie schon nicht mehr weiterschlafen darf, weil der liebe Herr Severin mit seinem hell erleuchteten Mobiltelefon nach Betonblöcken, Glimmer und Pyrrhotin googelt!»

Severin legt das Mobiltelefon sofort auf seinen Nachttisch zurück, legt sich theatralisch hin, um Annina zu umarmen und zu kitzeln, die sofort zu kreischen beginnt. Er hört auf zu kitzeln und küsst sie lange auf den Mund. Danach zieht er die Bettdecke über ihre beiden Köpfe und streichelt Annina sanft über den Bauch.

«Schon besser», grummelt es schmollend unter der Bettdecke und es wird noch einige Zeit dauern, bis die beiden das Bett verlassen.

30

«Du hast was?», fragt Annina ungläubig.

Sie und Severin hatten nach einer Dusche zusammen den Esstisch für einen reichhaltigen Brunch gedeckt. Während Annina bereits eine Scheibe Brot mit Butter bestrich und für sich Käsestücke zuschnitt, hatte Severin für sie beide verlorene Eier gekocht und auf zwei Tellern mit etwas gehacktem Schnittlauch angerichtet. Er brachte die Teller an den Tisch, als ihm der auf der Treppe liegende IKRK-Brief in den Sinn kam.

«Da liegt noch mehr», hatte Annina gesagt.

«Echt?», fragte Severin.

«Ja, ich lege deine Post schon seit Ewigkeiten jeweils auf die Treppe. Und ich weiss, da liegt noch mehr.»

Severin ging zur Treppe, um den kleinen Stapel zu holen, auf dem zuoberst der Brief des Internationalen Komitees des Roten Kreuzes IKRK lag.

Er öffnete den Brief, welcher eine Spendenaufforderung enthielt und legte ihn zur Seite.

Er öffnete den zweiten Brief und las, was darin mit zittriger Handschrift geschrieben stand:

Cher Monsieur Kunz

Il y a quelque temps que vous avez placé une offre pour la maison 44 rue des Billes à Vraie-Croix-sur-le-Doubs, qui appartenait à mon défunt frère. J'accepte de vendre cette maison mitoyenne au prix indiqué si votre offre est toujours valable.

Je vous prie de me contacter sous l'adresse expéditeur et je vous envoi mes salutations distinguées

Gisèle Streit

Severin wurde weiss im Gesicht und stammelte: «Ich habe das Haus bekommen».

«Du hast was?», fragt Annina nun nochmals.

«44 rue des Billes, zwei Mal meine Glückszahl», antwortet Severin und reicht Annina den Brief.

«Das ist nicht wahr?»

«Doch, du hast mich ermutigt, ich solle mir das gönnen. Dann habe ich ein Angebot gemacht.»

«Wann?»

«Als du zur Kontrolle bei der Ärztin warst.»

«Du bist verrückt!», lacht nun Annina.

«Du erinnerst dich: Serendipität.»

«Oh Gott.»

31

Die Wolken umschliessen den kleinen hellblauen Luftballon, der im Wind tanzt. Die perlmuttschimmernde Plastikschnur wickelt sich um seine Hand und zieht ihn mit durch die nächste weisse Wolke. Er kann den Ballon nicht mehr sehen. Aus dem Innern der Wolke ertönt eine blecherne Stimme:

«… war es wieder einmal soweit. Happy Day. Eine grosse Samstagabendkiste im Schweizer Fernsehen. Habt ihr euch auch schon einmal gewünscht, einen Happy Day zu erleben? Und was wäre euer Wunsch? Und wie würde ein Happy Day aussehen? Schreibt es uns auf Facebook, auf unserem Kanal von SRF1. Ich bin gespannt, wie ein Pfeilbogen, welche geheimen Wünsche euch umwehen.»

«Warum?», sagt Severin unvermittelt und macht die Augen auf.

Ein Ächzen ist zu vernehmen und die Plastikschnur um seine Hand löst sich. Annina zieht ihre Hand fort.

«Was, warum?»

«Ach nichts. Der Immer-lustige-Sven hat sich gerade mit meinem Traum vermischt und aus der weissen Wolke gesprochen, die den hellblauen Luftballon verschluckt hat.»

«Aha», sagt Annina und gähnt.

«Ich hasse ihn.»

«Dann stelle das Radio ab!»

Severin richtet sich auf. Aus dem Radio plärrt nun das Lied *Heiterefahne* von Trauffer.

S'git ke Ort uf der Wält woni lieber möcht sii

Hie bini gebore, und da ghöri hi…

«Warum, warum, warum? Warum immer wieder dieser primitive Heimatscheiss?», jammert Kunz.

«Stell' das Radio ab, Severin!», knurrt Annina nun, «heute ist mein freier Tag. Ich will ausschlafen!»

«Ist ja gut», antwortet Severin kleinlaut und drückt die Taste am Radiowecker. Er stellt seine Füsse in die Hausschuhe und schlurft ins Badezimmer, um zu duschen.

Heute ist wieder Schultag. Der erste nach den Frühlingsferien. Drei Lektionen Blockunterricht Allgemeinwissen zuerst am Vormittag für Malerinnen und Maler des dritten Lehrjahrs, nachmittags drei Lektionen für eine gemischte Gruppe Lernende aus verschiedenen gewerblichen Berufen des ersten Lehrjahres. Severin freut sich. Nicht nur weil der etwas langweilige Ferienbetrieb nun zu Ende ist und er wieder einmal Schule geben darf, sondern auch, weil Bob heute einen Schnuppertag an der Gewerblich-Industriellen Berufsfachschule hat.

Kurze Zeit später verabschiedet er sich von Annina, die inzwischen schon wieder eingeschlafen ist. Er verlässt das Haus und kehrt noch im Vorgarten wieder um, um sich einen Regenschirm aus dem Entrée zu holen, da draussen bereits erste Tropfen vom Himmel fallen. Er kreuzt die Martin-Disteli-Strasse, später die Hauptstrasse und betritt bald die Räumlichkeiten des Bürotraktes des Bildungszentrums, um noch verschiedene Bürosachen zu erledigen und die E-Mails zu prüfen. Er hat im Vorfeld die betroffenen Lehrerinnen und Lehrer über Bobs Besuch informiert.

Kurz vor acht Uhr geht Severin Kunz zum Schulzimmer, in dem er die Klasse unterrichtet. Davor steht bereits Bob und wartet auf ihn. Sie begrüssen sich und treten ein.

«Setz dich doch einfach hier auf den ersten Platz, gleich bei der Tür.»

Etwas später füllt sich das Zimmer mit laut schwatzenden Lernenden, vor allem jungen Burschen aber auch einigen jungen Frauen. Kunz hat sich angewöhnt, die Stunden des Blockunterrichts Allgemeinwissen jeweils mit einem Ritual zu starten. Dazu gehört einerseits, dass wöchentlich ein anderer Schüler über die wichtigsten Ereignisse der vergangenen Woche in Gesellschaft, Politik und Wirtschaft referiert. Heute ist nach Plan Leo Maurer an der Reihe, der aber bisher noch nicht eingetroffen ist. Das zweite Ritual ist, dass die Klasse danach zusammen die wichtigsten gelernten Elemente des letzten Blockunterrichts in Stichworten auf eine Flipchart-Seite schreibt.

Bisher ist das für Severin Kunz gut aufgegangen und die Klasse in der Regel danach gut für neues Wissen aufnahmebereit.

«Guten Morgen die Damen und Herren», begrüsst Kunz die Auszubildenden, «Leo Maurer scheint für den heutigen Wochenrückblick noch nicht da zu sein. Ich nutze deshalb vorab die Gelegenheit, den Gast in unserer Runde vorzustellen. Sein Name ist Bob O'Brian. Er stammt aus Irland und wird Sie heute den ganzen Tag begleiten. In Irland gibt es keine Berufslehren und da Bob frisch in die Schweiz gezogen ist, möchte er mal einen Berufsschultag erleben. Es wäre schön, Sie würden ihn mit sich in die anderen Stunden des heutigen Tages mitnehmen. Er spricht bisher nur Englisch. In Anbetracht ihres Konsums von sozialen Medien sollte es für Sie, denke ich jetzt mal, kein Problem darstellen, mit ihm ein bisschen Konversation in Englisch zu betreiben.»

Die Tür des Klassenraums öffnet sich, Leo Maurer huscht herein und setzt sich auf den freien Platz neben Bob.

«So! Dann begrüsse ich nun gerne auch Herrn Maurer und bin sehr gespannt, was er uns zu den

Entwicklungen in Gesellschaft, Politik und Wirtschaft der letzten Woche zu berichten hat.»

Leo nickt, nimmt seinen vorbereiteten Zettel zur Hand, steht auf und tritt nach vorne an die weisse Tafel. Er schreibt mit einem blauen Filzstift drei Begriffspaare auf die Fläche:

Gesellschaft: KI

Politik: 11 Mio.

Wirtschaft: Donut

Kurz beschreibt Leo Maurer seine Gedanken zu den Begriffen: Er berichtet, wie in der vergangenen Woche bekannt worden ist, dass eine Westschweizer Fernsehstation den Wetterbericht nicht durch einen realen Menschen präsentieren lassen hat, sondern durch einen Avatar aus künstlicher Intelligenz. Er ergänzt in knappen Worten, was künstliche Intelligenz ist.

Danach führt Maurer aus, dass eine Studie ergeben hat, dass in der Schweiz über elf Millionen Einwohner leben könnten, also deutlich mehr als bisher. Er zeigt auf, wie sich die politischen Parteien mit dieser Thematik für die bevorstehenden nationalen Wahlen rüsten.

Für Erheiterung in der Klasse sorgt schliesslich sein Bericht zur geplanten Expansion der amerikanischen Donut-Shop-Kette Krispy Kreme in die Schweiz.

Severin dankt Leo Maurer für seine interessanten Ausführungen zur letzten Woche und bittet ihn, am Abend nach der letzten Stunde noch in seinem Büro vorbeizukommen. Danach eröffnet Kunz die Runde für die Stichworte zum letzten Blockunterricht vor dem Ferienunterbruch, bevor er mit den weiteren Themen den Unterricht fortführt. Es geht heute vertieft um Ethik und in einem zweiten Block werden Themen aus den vorangegangen Unterrichtsjahren repetiert. In der Klasse ist bereits eine gewisse Nervosität zu spüren, da nun die letzten Schulwochen vor den Abschlussprüfungen bevorstehen.

32

Die Uhr an der Wand des Bürotraktes des Berufsbildungszentrums zeigt sechzehn Uhr zehn, als Severin Kunz zu seinem Büro geht. Er ist mit dem Direktor verblieben, dass er den restlichen Montag jeweils zur Vorbereitung seines Unterrichts nutzen darf. Heute wird er aber noch mit Leo Maurer reden müssen.

Es ist kurz vor fünf, als Maurer an die offene Bürotür klopft und schuldbewusst seinen Kopf hereinstreckt.

«Sie wollen mich sprechen?»

«Ja, kommen Sie herein und setzen Sie sich.»

Leo Maurer blickt hinter sich und winkt. Hinter ihm steht Bob, der Severin Zeichen macht, dass er weiter vorne warten wird. Kunz nickt und schliesst die Bürotür.

«Bob ist cool», sagt Leo Maurer nun.

Kunz nickt erneut.

«Er gleicht Ihnen», ergänzt Maurer nun grinsend.

«Das ist kein Zufall», antwortet Kunz lächelnd, dann wird sein Gesicht ernst.

«Sie spielen mit dem Feuer, Maurer.»

Leo Maurer schweigt betreten.

«Sie wissen, dass es eine Absenzen- und Disziplinarordnung der kantonalen Berufsfachschulen gibt?», fragt Severin Kunz und fährt ohne eine Antwort abzuwarten fort: «Das ist die rechtliche Grundlage auf der Sie jeweils Ihre Zwanzigfrankenbussen bekommen», Kunz macht eine Pause und nimmt einen tiefen Atemzug, «darin steht auch, dass ein Zuspätkommen als Absenz gewertet wird. Darin ist ebenso geregelt, dass die lernende Person Entschuldigungen für nicht voraussehbare Absenzen im Schulverwaltungssystem erfassen kann. Dies haben Sie meines Wissens nicht gemacht.»

Er guckt Leo Maurer an, der bestätigend nickt.

Severin fährt fort: «Sie sind also in diesem Schuljahr bisher achtzehn mal unentschuldigt ferngeblieben, weil Sie zu spät zum Unterricht erschienen sind und haben nach einer Verwarnung auch immer wieder für teilweise verpasste Lektionen Bussen erhalten. Die sind, das weiss ich als Finanzverantwortlicher dieser Berufsschule, immerhin auch jeweils pünktlich bezahlt worden. Das heutige Zuspätkommen erfasse ich nicht im Schulverwaltungssystem, da ich von Ihrem kurzen Vortrag zur letzten Woche ausserordentlich angetan war.»

Maurer grinst.

«Das bedeutet aber auch, dass Sie genau noch einmal eine unentschuldigte Absenz haben können, bevor diese Schule das kantonale Amt für Berufsbildung über Ihre unentschuldigten Absenzen informieren wird. Und dies tun zu müssen, würde uns allen gewaltig auf die Nerven gehen, da dies nämlich dazu führen könnte, dass Ihnen die Ausbildungsbewilligung kurz vor der Abschlussprüfung entzogen werden würde», sagt jetzt Severin Kunz mit scharfen Worten und blickt Leo Maurer giftig an. Dann fährt er lauter fort: «Vor allem würde mir dies auch persönlich gewaltig auf die Nerven gehen, da ich Sie nämlich für einen äusserst intelligenten, wachen und anständigen Berufsmann halte! Ich fordere von Ihnen deshalb ausdrücklich, dass Sie die wenigen verbleibenden Wochen bis zur Lehrabschlussprüfung immer pünktlich zum Unterricht erscheinen und dann, und das ist nicht zu unterschätzen, auch nicht zu spät an den Abschlussprüfungen erscheinen!»

Kunz Kopf ist rot geworden bei seinem Monolog.

Leo Maurer nickt schuldbewusst und erklärt: «Ich werde mir alle nur erdenkliche Mühe geben, Herr Kunz.»

«Gut. Dann können Sie jetzt gehen. Bitte schliessen Sie die Tür, wenn Sie gehen. Ich muss mich zuerst etwas sammeln. Auf Wiedersehen, Herr Maurer.»

Leo verabschiedet sich und schliesst die Tür leise. Severin Kunz dreht sich um, schaut zum Fenster hinaus auf die regennasse Fahrbahn der Bifangstrasse. Er atmet laut aus, nimmt seine Fäuste in die Höhe und reagiert sich mit Schattenboxen ab. Danach setzt er sich vor seinen Computer, fährt ihn herunter, nimmt seine Jacke und den Regenschirm und verlässt sein Büro.

Zusammen mit Bob tritt er aus der Schule. Es regnet nun etwas mehr. Die beiden gehen geschützt durch den Schirm die Bifangstrasse entlang.

«Leo ist cool», sagt Bob plötzlich.

Severin bleibt stehen und stutzt.

«Habt ihr euch abgesprochen?»

«Warum?»

«Ach nur so.»

«Leo hat mir erzählt, was ein Malerlehrling so alles macht, auch was es für verschiedene Arten von Malergeschäften gibt. Er will möglichst bald das Geschäft seines Vaters übernehmen und strategisch neu auf hochwertige Renovationsarbeiten positionieren anstelle auf preiszerfleischende Neubauten-Prostitution, wie er es nennt.»

«Gut.»

«Leo hat mir erzählt, warum er immer so spät kommt.»

«Ach?»

«Er hilft seinem Vater bei den Arbeiten bis spät nachts. Er hat zu wenig Personal. Er findet auch keinen Lehrling.»

«Fachkräftemangel», antwortet nun Kunz.

Sie gehen schweigend weiter, kreuzen die Martin-Disteli-Strasse, gehen schon bald durch den Vorgarten und betreten das kleine Mittelreihenhaus, wo sie Annina in der Küche stehend begrüsst.

33

im Juli 2023

Severin beschleunigt seinen Citroën C4 und ordnet sich zwischen zwei Autos auf die Transjurane ein, welche als Autostrasse und Autobahn das Schweizer Mittelland durch den Jura mit dem französischen Autostrassennetz verbindet.

Er nervt sich über die mangelnde Leistung seines Autos, vor allem auch, da es nun vollgepackt ist mit ihrem Gepäck und Werkzeug. Er bedauert zutiefst, dass er seinen alten, grossen Citroën mit der kissensanften Hydropneumatik-Federung und dem starken, sonor brummenden V6-Motor hat stilllegen müssen. Die Reparaturkosten sind ins Unermessliche gestiegen und sein Garagist hat ihn gedrängt, sich in Vernunft zu üben. Seither steht Kunz' altes Gefährt im Hof des Garagisten neben weiteren ausgedienten Fahrzeugen und dient als Ersatzteilspender für andere, noch fahrende, typengleiche Exemplare.

Im Innenrückspiegel sieht er durch das Heckfenster ihre beiden Velos, die auf dem Träger für die Anhängekupplung montiert sind. Sie haben sich entschieden, die Fahrräder mitzunehmen, um für kleine Botengänge, wie morgens Baguette und Croissants zu holen, mobil zu sein.

Bob und Severin sind nun schon etwas über eine Stunde unterwegs. Nachdem sie auf der Autobahn A1 in den stockenden Ferienverkehr geraten sind, ist es nach Oensingen auf der Hauptstrasse durch die Klus von Balsthal und danach durch den Regionalen Naturpark Thal, im Schatten des Weissensteins, nach Moutier flüssig vorangegangen. Auch auf der Transjurane fliesst der Verkehr gewohnt still und Kunz rechnet mit einer verbleibenden Fahrzeit von ungefähr einer weiteren Stunde.

Bob hat sprachlich grosse Fortschritte gemacht und einen intensiven, privaten Deutschkurs besucht. Inzwischen spricht er ein schon ziemlich verständliches Hochdeutsch mit einem leichten irischen Akzent. Severin und Annina haben ihn unterstützt und konsequent kein Englisch mehr mit ihm gesprochen. Auch wenn es Verständnisfragen zu lösen gegeben hat, haben sie immer zu deutschen Umschreibungen anstelle des englischen Worts gegriffen. Ebenfalls geholfen hat Bob Leo Maurer, der ihm zum guten Freund geworden ist und der ihm so auch zu einem neuen Freundeskreis in der Region Olten verholfen hat. Leo wird sie in Vraie-Croix-sur-le-Doubs später besuchen kommen für ein paar Tage, auch um Bobs und Severins dilettantische Handwerkerarbeiten gnadenlos zu kritisieren, wie er sie vorgewarnt hat.

Auch Annina wird gegen Ende Juli zwei Wochen Ferien mit ihnen im Haus verbringen. Sie hat viele

Mandate für ihren Arbeitgeber zu erledigen und kann sich ganz im Gegensatz zu Severin nicht fünf Wochen am Stück freinehmen. Dementsprechend ist sie heute Morgen etwas traurig gewesen.

«Ich vermisse dich schon jetzt», sagte sie Severin schon nach dem Frühstück, als er sein Auto aus der Parkgarage geholt hatte und allerhand Werkzeuge, Material und Gepäckstücke darin verstaute.

Severin umarmte sie und versprach fleissig mit ihr zu telefonieren, sogar mit Video, was er normalerweise hasste.

«Ihr beide werdet das schon rocken», sagte sie, «ich freue mich für euch, dass ihr mal richtig viel Zeit miteinander verbringen könnt. Das wird gut für euch sein.»

«Das glaube ich auch. Ausserdem bin ich schon ganz aufgeregt, wie weit die Renovation gediehen ist, bis du zu uns stösst. Hoffentlich fällt das Haus bis dann nicht in sich zusammen.»

«Ihr werdet das schon gut hinbekommen.»

Als sie sich vor dem Auto auf der Strasse innig umarmten, stiess Bob zu ihnen, der mit dem Fahrrad von seiner neuen Bleibe bei Grossmutter Madeleine zu Severins und Anninas Haus fuhr.

«Habt ihr kein Zuhause? Das ist ja richtig peinlich», rief er scherzend von weitem. Er fuhr an den beiden vorbei, verstaute seinen grossen Rucksack im Kofferraum des Autos und montierte sein Fahrrad ebenfalls auf dem Fahrradträger.

34

Im Schatten des Sonnenschirms sitzt Annina mit einer Tasse Kaffee auf der kleinen Terrasse. Sie überblickt den kleinen Garten. Es ist heiss geworden. Sie wird abends den Blumen neben dem alten Metallgartentor Wasser geben müssen. Melancholisch beobachtet sie, wie eine Nachbarsfamilie die Martin-Disteli-Strasse hinuntergeht. Die Kinder schnattern laut, haben Sonnenhüte auf und tragen aufgeblasene Schwimmtiere mit sich. Ihre Haut glänzt von der dick aufgetragenen Sonnencrème. Ihr Vater zieht einen klappbaren Bollerwagen hinter sich her, gefüllt mit Taschen und Badetüchern. Sie sind bestimmt auf dem Weg ins Oltner Freibad.

Annina trinkt einen Schluck ihres Kaffees. Sie grübelt. Es ist noch nie vorgekommen, dass Severin und sie so lange getrennt voneinander gewesen sind. Mehr als zwei Wochen. Doch sie würde die Zeit überstehen. Alleine. Heute, den Sonntag, morgen dann den freien Montag und dann vier Tage Arbeit, Samstag und das gleiche nochmals von vorne. Sie könnte sich eine Strichliste machen? Oder eine Art Adventskalender, wie als Kind, bis endlich Heiligabend gewesen ist? Ihre Mutter hat ihr das jeweils gebastelt. Jeden Tag hat sie ein Stoffsäckchen aufmachen können. Beschriftet von eins bis vierundzwanzig. Jeden Tag etwas anderes darin. Eine Schokoladenkugel vielleicht, ein kleiner Stempel, mit dem sie danach auf Papier vierblättrige Kleeblätter hat drucken können, ein kleines Plastikpferd, ein Radiergummi und immer wieder weitere Schokoladenkugeln, bis endlich die Zahl vierundzwanzig da gewesen ist. An diesem Tag ist dann der gekaufte Tannenbaum aufgestellt worden, sind Kugeln und Kerzenhalter an die grünen Äste gehängt und unter die Äste farbig eingepackte Geschenke gelegt worden.

Annina schüttelt den Kopf. Weihnachtsgedanken im Juli! Sie steht auf, streckt sich und geht in die Küche, um ein Stück Schokolade zu naschen. Danach geht sie hoch ins Obergeschoss, nimmt den Stecken mit dem Haken von der Wand und öffnet die Luke zum Dachboden. Sie zieht die knarrende Holzleiter herunter und steigt hinauf. Im düsteren Licht erkennt sie einen Plastikschrank, in dem wohl alte Kleider hängen. In der Ecke liegen Skis und Stöcke, ein Snowboard und in Plastiksäcken verpackte Ski- und Snowboard-Schuhe. Daneben stehen mehrere Kartons beschriftet mit A. Sie wuchtet eine grosse Umzugsschachtel vom Stapel. Darunter ist eine Chiquita-Bananenschachtel. Sie hebt sie weg und nimmt sie zur Dachbodenöffnung. Dann tritt sie behutsam die Holzleiter hinab, die Bananenschachtel auf dem Kopf balancierend. Sie schiebt die Holzleiter wieder hoch und verschliesst die Luke. Dann trägt sie die Bananenschachtel ins Gästezimmer, welches gleichzeitig auch als ihr Büro dient, und legt sie auf die Tischplatte ihres

Schreibtischs. Annina zieht den Deckel hoch und legt ihn neben den Tisch aufs Gästebett.

Sie nimmt eine alte Keksdose aus der Schachtel. Diese ist mit einem roten Samtband eingefasst, sorgfältig geknüpft mit Schleifen. Annina zieht das Samtband ab, ohne es zu öffnen, denn sie würde es nie mehr so perfekt hinbekommen. Sie öffnet den Blechdeckel. Da ist das goldene Herz, das ihre Mutter immer getragen hat. Annina zieht an der Kette und legt sich das Herz in die Hand. In einer kleinen Plastikklappdose steckt ein Ring mit einem türkisfarbenen Stein. Annina schliesst die Klappdose wieder. Sie entdeckt Mutters Brosche. Da ist auch ein Foto von Mutter, wie sie die Brosche trägt. Ein Tuch um den Hals gelegt. Die Brosche hält es zusammen. Eine Haarspange ist auch in der Blechschachtel und ein Couvert mit der Todesanzeige. Annina weiss es, da das Couvert einen schwarzen Strich auf der Seite trägt. Sie will das Couvert aber nicht öffnen. Sie legt all die Dinge wieder zurück in die Blechschachtel, legt den Deckel darauf und führt das Band wieder um die Schachtel.

In der Bananenbox gibt es auch eine graue Kartonschachtel. Den Deckel dieser Schachtel hat Annina über die Jahre im Gegensatz zur alten Keksdose immer wieder geöffnet. Sie hat Karten hineingelegt, die sie erhalten hat. Karten, die sie nie beantwortet hat. Karten, die auf eine Reaktion warten.

Annina greift die unterste Karte im Stapel heraus. Sie öffnet sie. Die Karte ist datiert mit Dezember 2006. Sie überlegt. Das war kurz bevor die Beziehung zu Urs auseinander gegangen ist. Das letzte Weihnachten im Familienkreis, mit Urs. Danach hat sie sich Weihnachten verweigert. Weihnachten mit kleinen Kindern, die grösser werden, Weihnachtsabende, die sie nur an glückliche Zeiten mit ihrer Mutter erinnert haben. Fast sechzehn Jahre ist das her. Fast so lange wie Severin nicht gewusst hat, dass er einen Sohn hat. Sie setzt sich auf die Bettkante und weint. Lange sind ihre Tränen versiegt geblieben. Jetzt laufen sie ihr die Wangen herunter und Anninas ganzer Körper bebt. Ihr ganzes Leben geht ihr durch den Kopf: Der Verlust der Mutter, die Worte ihres Vaters, die Trennung von Urs, der für sie etwas wie ein zweiter Vater gewesen ist, die vielen kurzen Beziehungen danach und Severin, den sie wie nichts anderes auf der Welt liebt und der jetzt plötzlich einen Sohn hat. Sie denkt an die lange Härte in ihrem Leben, ohne je eine Träne der Trauer vergossen zu haben.

Sie steht auf, geht ins Bad und wäscht sich das Gesicht. Danach geht sie hinunter ins Wohnzimmer, setzt sich aufs Sofa und wählt auf ihrem iPhone eine Nummer, die sie schon seit Jahren nicht mehr gewählt hat.

«Hallo Papa.»

Auf der anderen Seite bleibt es zuerst still.

«Annina? Du?», sagt eine brechende Stimme.

«Ich glaube, wir sollten reden, Papa.»

«Wann?»

«Wann hast du Zeit?»

«Immer. Ich bin jetzt pensioniert.»

«Morgen Nachmittag? Bei mir?»

«Passt.»

«Vierzehn Uhr?»

«Ich freue mich so sehr.»

Annina schluchzt und hängt auf.

35

«So, wir sind gleich da», sagt Severin und verringert das Tempo, «das ist Vraie-Croix-sur-le-Doubs.»

Sie passieren die Ortseingangstafel und fahren zuerst durch die schmalen Häuserreihen, die sich links und rechts zwischen Hang und Petit Doubs an die Hauptstrasse schmiegen.

«Die meisten dieser Häuser könnten auch eine Renovation brauchen», sagt Bob.

«Ja, das ist typisch für Frankreich», antwortet Severin, «versprich dir nicht zu viel, auch unser Haus braucht definitiv eine grosse Renovation.»

Severin biegt ab, fährt über die Brücken von Petit Doubs und Doubs. Nach der Passerelle über den Kanal biegt er links ab und folgt langsam dem Kanal. Einige Hausboote sind am Ufer vor der Schleuse vertäut. Die Leute sitzen auf Deck unter den Sonnenschirmen. Sie essen und trinken.

«Das sieht gemütlich aus», sagt Bob.

«Es sind viele Touristenboote, meist Mietboote, unterwegs jetzt», erklärt Severin. «Boots- und auch Fahrradreisende sind hier oft zu sehen im Sommer. Alle folgen dem Canal du Rhône au Rhin, der die beiden grossen Flüsse teilweise verbindet.»

«Mit Mama war ich mal beim Shannon. Da gab es ebenfalls ganz viele Hausboote.»

Kunz biegt ab, weg vom Kanal und fährt wieder links. Er zeigt nach links.

«Hier, der letzte Teil von diesem alten Haus, ist unser Haus.»

Er fährt etwas weiter und biegt dann links ein, vor die kleine, verlotterte Garage. Severin stellt den Motor ab. Sie steigen aus, nehmen erstes Gepäck aus dem Kofferraum und gehen zum Haus. Severin öffnet das Gartentor, geht die kleine Treppe hoch und öffnet den grossen Laden vor der Haustür. Am Schlüsselbund hat er seit einigen Wochen den Schlüssel zur Tür. Er öffnet und tritt ein. Bob folgt ihm, fasziniert, das Haus entdecken zu können. Sie gehen zusammen in jedes Zimmer, öffnen alle Fenster und die Fensterläden und lassen das helle Sommerlicht und warme, vor allem aber auch frische Luft herein. Später bringen sie alle mitgebrachten Werkzeuge, ihre Schlafsäcke und anderes Material ins Haus und stellen es fürs erste ins Wohnzimmer. Die Fahrräder stellen sie in den Vorgarten.

«Lass uns Einkaufen fahren, bevor der Laden um zwölf Uhr dreissig schliesst», schlägt Severin vor, «dann können wir im Garten ein kleines Picknick machen und später besprechen, wie wir weiter vorgehen.»

Sie fahren zum Intermarché und kaufen ein paar Sachen ein, die sie fürs erste gut brauchen können. Im Keller des Hauses finden sie ein paar alte Plastikstühle, die sie nach draussen in den Garten nehmen. Eine modrige Holzkiste muss als Tisch herhalten. Später prosten sie sich mit einer Flasche Kronenbourg zu und geniessen die Sonne, den Blick ins Doubs-Tal und lassen sich das gekaufte Essen mit Baguette schmecken.

Später setzt sich Kunz alleine auf einem Plastikstuhl in die Ecke seines neuen Gartens, während Bob im Haus auf Erkundigungstour geht. Severin freut sich, dass der Kauf geklappt hat und dass er jetzt zusammen mit Bob die Renovation an die Hand nehmen kann. Der Kaufprozess ist nicht ganz so einfach gewesen und hat insgesamt zehn Wochen gedauert.

Mit dem Kaufpreis war die Feilscherei noch nicht zu Ende gewesen. Frau Streit, die das Haus ihres verstorbenen Bruders für die Erbengemeinschaft verkaufte, wollte, dass Kunz die vollen Notariatskosten zusätzlich zum Kaufpreis übernahm. Er wiederum war damit nicht einverstanden und gemäss seiner Internetrecherche war dies auch nicht Usus in Frankreich. Deshalb schlug er vor, dass man die Notariatskosten teilen würde. Frau Streit musste dies mit ihren Miterben klären, was alleine wieder drei Wochen dauerte. Später musste ein Notariatstermin gefunden werden, um das Haus offiziell zu überschreiben, so dass Severin befürchtete, dass aus ersten Renovationsarbeiten in den Sommerferien nichts mehr werden würde. Nachdem aber der Notariatstermin Mitte Juni stattfand, ging es flott vorwärts und die Schlüssel konnten übergeben werden. Severin Kunz war sich bewusst, dass weitere Kosten in Form von Steuern auf ihn warteten. Die Grunderwerbsteuer hatte er bereits abgegolten, nun würde ihn jährlich noch eine *taxe foncière* genannte Vermögenssteuer auf dem Haus erwarten.

Im oberen Stock guckt Bob aus dem Fenster und beobachtet seinen gedankenversunkenen Vater.

Er ruft: «Wann geht's los?»

Severin Kunz steht auf, nimmt seinen Plastikstuhl mit und geht auch nach oben.

«Ich denke, wir sollten zuoberst anfangen, damit all der Staub und Dreck ganz am Anfang nach unten fallen kann. Später sollten wir hier oben schlafen und unten arbeiten können.»

«Bis wir soweit sind, könnten wir unten im Keller schlafen und im Erdgeschoss unsere Werkstatt einrichten», erweitert Bob den Gedanken, «ausser natürlich, du würdest gerne draussen in einem Zelt schlafen.»

Severin graust es beim Gedanken daran, in einem Zelt zu schlafen und er schüttelt den Kopf.

Er tritt ins erste der Zimmer und instruiert Bob, ins zweite zu gehen und die Tür zu schliessen. Kunz macht auch bei sich die Tür zu. Dann beginnt er normal laut zu sprechen: «Hörst du mich, Bob?»

«Laut und deutlich. Wie ist es bei dir?»

«Ebenso.»

«Diese Wand muss als erstes raus.»

Sie planen, die Trennwand der beiden Räume neu zu machen und ordentlich gegen Schall zu isolieren. Bob misst alles aus und notiert sich die Masse für den Kauf des Materials in seinem Mobiltelefon. Danach reisst Severin mit dem mitgebrachten Stemmeisen eine erste Holzlatte von der Decke, damit sie die Dachunterseite begutachten können. Das Dach ist wie erwartet nicht isoliert. Zusammen schätzen sie die benötigten Quadratmeter Isolierplatten. Als sie gerade darüber brüten, welche Materialien dafür wohl am besten zu verwenden sind und wie dick die Isolation sein soll, hören sie, wie die Nachbarin ihre Kinder massregelt. Severin hebt seine Augenbrauen.

«Wir sollten die Schallisolation zum nächsten Hausteil auch noch ins Auge fassen», sagt er.

Bob nimmt das Massband und hält es an die Trennmauer. Auch hier notiert er sich die Fläche.

«Unten werden wir das gleiche später auch noch machen müssen. Eventuell auch im Keller.»

Kurz darauf prüfen sie die Preise von verschiedenen Baumärkten und entscheiden sich dafür, bei einem grossen Markt in Montbéliard mit günstigen Preisen zu bestellen und ein paar Tage später mit einem gemieteten Anhänger die Ware abzuholen.

«Lass uns loslegen», sagt Severin, «in zwei Wochen, wenn Annina hierherkommt, soll der obere Stock bereit sein, damit man hier schlafen kann.»

Sie beginnen die Trennwand der beiden Zimmer zu demontieren. Während Severin mit einem Vorschlaghammer grosse Löcher in die Wand schlägt, zieht Bob mit dem Stemmeisen kleine Bausteine aus der Wand. Nach einer Stunde liegen die Bestandteile der Wand am Boden und auch die beiden Türen und Türrahmen stehen an der verbleibenden Wand zum benachbarten Hausteil für die allfällige Wiederverwendung bereit.

Mit einer kleinen Metallschaufel füllt Severin nun die zerklopften Bausteine in einen Plastikkessel. Bob trägt ihn hinunter und macht auf dem Vorplatz einen Haufen mit dem Inhalt. Die ganz gebliebenen guten Steine stapelt er daneben, damit sie sie später für einen anderen Zweck wiederverwenden können. Danach ziehen die beiden sorgfältig weitere Holzlatten von der Decke, prüfen jede einzelne und separieren brauchbare weg. Die zu entsorgenden Teile wirft Bob direkt aus dem Fenster in den Garten. Die anderen stapelt er. Schritt für Schritt wird über ihren Köpfen nun die ganze Dachunterseite mit den Ziegeln sichtbar. Als sie fertig sind, findet Severin im Keller einen alten Besen mit dem er den restlichen Müll, der auf dem Holzboden liegt, noch zusammenkehrt.

Befriedigt sehen sich Severin und Bob das Resultat des ersten halben Arbeitstages an.

«Abbrechen geht schnell», sagt Severin, «ich glaube, wir hören für heute auf.»

Bobs Interesse ist jetzt von einem Detail im Raum geweckt worden. Er geht nach unten und holt sich aus dem Werkzeugkasten einen Schlitzschraubenzieher. Er kniet sich ganz hinten im Raum, gleich beim linken Fenster hin und zeigt auf eine Bodendiele.

«Eine dieser Dielen ist geschraubt», erklärt er, «die anderen scheinen mit Nut und Feder zusammengehalten zu werden.»

Er setzt den Schraubenzieher an und dreht zwei Schrauben hintereinander hinaus. Mit dem Fingernagel versucht er die Diele herauszuklauben. Sobald er sie zwei Millimeter hat anheben können, setzt er den Schraubenzieher an und nimmt ihn als Hebel zu Hilfe. Er schaut ins entstandene Loch im Boden und findet eine kleine rostige Blechschachtel darin.

«Schau mal, Severin!», ruft er. Bob hat beschlossen, seinen Vater weiter so zu nennen. «Hier ist etwas drin.»

Er nimmt die Schachtel heraus und löst ungeduldig den Deckel. Er findet einen Zettel, der auf ein paar verschiedenfarbigen Steinkugeln liegt. Er faltet den Deckel auseinander und liest:

billes en pierre pour enfants

Florence Melinat

«Ah, Murmeln, Steinmurmeln für Kinder. Deshalb auch die Strasse», erklärt Severin.

«Murmeln?»

«Ja, früher haben Kinder mit Murmeln gespielt. Ich habe dies auch gemacht, auf dem Pausenplatz der Schule, zum Beispiel auf Schachtdeckeln, die ein Muster hatten. Hier habe ich meine Glasmurmeln gegen die meiner Mitschüler antreten lassen und man hat sie einander abjagen können. Wie genau die Regeln gewesen sind, weiss ich nicht mehr. Aber so wie wir Glasmurmeln gehabt haben, scheint es hier auch Steinmurmeln gegeben zu haben. Schau nur, wie fein sie geschliffen sind und welche Farben sie haben!», freut sich Severin über Bobs Fund.

«Das heisst, ihr habt mit Kugeln gegen einander gespielt, wie ich mit meinen Freunden mit Yu-Gi-Oh-Karten früher?»

«Was sind Yu-Gi-Oh-Karten?»

«Das sind Karten, ursprünglich aus Japan, die man gegeneinander antreten lassen kann und die je nach Phase des Spiels eingesetzt werden können. Manchmal verliert man Karten an den Gegner, manchmal gewinnt man welche dazu.»

«Das scheint vermutlich so ähnlich zu sein. Weisst du, die Strasse hier, an der dieses Haus steht, heisst Rue des Billes. Das ist die Strasse der Murmeln», erklärt er, «ich habe das Gefühl, dass dies kein Zufall ist. Vielleicht kann unsere Nachbarin aus einem Hausteil weiter vorne uns etwas dazu sagen. Die wohnt schon lange da.»

Mit ihrem Fund gehen die beiden die Treppe hinunter bis in den Keller, wo sie ab heute wohnen, essen und auf Luftmatratzen schlafen werden.

36

Nach dem Frühstück hatte sich Annina entschieden, dass sie wieder einmal eine Schüssel Kartoffelsalat machen würde. Etwas, das ihr ihre Mutter beigebracht hatte, als sie etwa zehn Jahre alt war. Das Rezept dafür war in ihrem Kopf, war nirgends aufgeschrieben. Trotzdem wurde die Speise zuverlässig gleich gut. Gekochte Kartoffelscheiben wurden an einer Bouillonsauce und Rapsöl angesetzt und mit Cornichon-Stücken und viel gehackter Petersilie verfeinert.

Der freie Montag hatte für Annina gut gestartet. Sie fühlte sich wie befreit, nachdem sie den gestrigen Anruf getätigt hatte und freute sich auf das heutige Treffen, auch wenn es ihr gleichwohl auf dem Magen lag, weshalb sie sich zum Mittagessen nur eine kleine Schüssel des Kartoffelsalats schöpfte.

Annina schiebt die Schüssel weg und schaut zum Thermometer, welches am Rand der Terrasse an der Hausfassade befestigt ist. Leicht über dreissig Grad Celsius werden angezeigt. Es wird ein heisser Nachmittag werden, wie bereits am Tag zuvor. Er steht ganz im Gegensatz zum Zeitpunkt, als sie ihren Vater das letzte Mal gesehen hat, an Weihnachten 2006. Auch wenn es dann nicht besonders kalt gewesen ist, hat es sich für sie ausserordentlich kalt angefühlt.

Annina entscheidet sich, drinnen im Haus zu warten, hier ist es kühler. Sie schliesst die Terrassentür und räumt ihr Geschirr weg. Sie lässt sich einen Kaffee aus der Kaffeemaschine, geht damit ins Wohnzimmer und setzt sich aufs Sofa. Viele Gedanken sind in ihrem Kopf. Keiner davon ist klar. Es sind Gedankenfragmente, schöne, hässliche, laute und stille. Annina weiss nicht, was sie ihrem Vater sagen will. Sie entscheidet sich, nichts vorzubereiten, sondern einfach sich selbst zu sein.

Kurz vor vierzehn Uhr erklingt die Türglocke. Annina geht zur Tür und öffnet. Älter ist er geworden, denkt sie, vielleicht auch kleiner. Sein Haar ist grau, der Körper etwas runder und die Gesichtskonturen trotz der Falten weicher als früher. Er steht da, in einem blauen Kurzarmhemd und einer schwarzen Hose, etwas gehemmt vielleicht, aber mit leuchtenden graublauen Augen, die sie von ihm geerbt haben zu scheint. In seiner Hand ist ein kleiner Blumenstrauss in hellgrünem Krepppapier eingepackt, den er ihr jetzt entgegenstreckt.

«Hier, die sind für dich», sagt er.

«Hallo Papa. Vielen Dank für die Blumen», antwortet Annina, nimmt die Blumen entgegen und öffnet gleichzeitig ihre Arme, um ihn zu umarmen.

Ihr Vater schluchzt: «Hallo, meine Grosse.»

Annina deutet ihm hereinzukommen und ihr Vater tritt ein, geht weiter ins Wohnzimmer und schaut sich um.

«Schön habt ihr es hier.»

«Ja, es ist Severins Haus. Ich habe ihm aber meinen Stil spürbar aufgedrückt. Es gibt auch einen Garten.»

Annina weist mit der Hand zur Terrassentür. Ihr Vater geht hin und schaut hinaus.

«Wo ist er?», erkundigt er sich, während Annina die mitgebrachten Blumen in der Küche in eine Vase stellt.

«Severin? Er ist in Frankreich, mit seinem Sohn. Severin hat sich einen alten Hausteil gekauft, den sie zusammen nun renovieren wollen», erklärt Annina. Sie zeigt auf ein weiss gerahmtes Bild von Bob, dass sie neuerdings neben dem Esstisch hängen haben.

«Er ist schon erwachsen?»

«Ja, achtzehn Jahre. Severin hat nichts von ihm gewusst. Er hat ihn erst vor drei Monaten das erste Mal kennengelernt.»

«Eine lange Zeit.»

«Sie haben viel nachzuholen.»

«Und wir?»

«Hätten auch viel nachzuholen», antwortet Annina, nachdenklich auf den Boden starrend. Später hebt sie den Blick und fragt: «Willst du etwas trinken? Wein, Wasser, Kaffee?»

«Kaffee vertrage ich nicht mehr so», erklärt ihr Vater, «aber vielleicht hättest du einen Tee für mich?»

Annina nickt, geht in die Küche und füllt den Wasserkocher. Sie holt zwei Tassen und Untertassen aus dem Schrank und legt Löffel dazu.

Später setzen sie sich beide aufs Sofa und starren peinlich berührt, jeder auf seine dampfende Teetasse.

Annina gibt sich einen Ruck: «Wie geht es Maria? Und den Kleinen?»

«Den Kleinen?», lacht ihr Vater. «Die sind schon ganz schön gross. Zwei sind erwachsen. Lukas arbeitet als Elektroinstallateur, bei uns im Dorf und ist vor zwei Jahren in eine eigene Wohnung gezogen. Jenny studiert Physik an der Uni und ist wie Noah, der gerade sechzehn geworden ist, noch zuhause. Noah weiss noch nicht so genau, was er mal werden möchte. Maria geht es gut, sie ist älter geworden, wie wir alle.»

«Ich habe sie Kartoffeln genannt», sagt Annina beschämt, «das war nicht nett von mir.»

«Ich weiss», antwortet ihr Vater, «du …».

«Ich war überfordert. Masslos überfordert. Zuerst wird meine Mutter krank und stirbt. Kurze Zeit darauf heiratet mein Vater eine andere Frau und sie bekommen eine Kartoffel nach der anderen.»

«Ich weiss. So kann man es sehen.»

«Ich habe dich gehasst dafür», sagt nun Annina und Tränen laufen ihr über das Gesicht.

«Ich weiss.»

«Warum? Und warum sagtest du zu mir, dass du und Mama sowieso nicht mehr lange zusammen gewesen wärt?»

«Das war dumm von mir», antwortet ihr Vater, «auch wenn es in der Sache so gewesen wäre, es war ein Fehler, dir dies zu sagen. Und das tut mir leid.»

«Warum?»

«Ich war ebenfalls überfordert. Ich ahnte, dass deine Mutter einen anderen Mann hatte. Sie war so kalt geworden zu mir. Sie wurde krank und kam ins Krankenhaus. Ich hatte Briefe gefunden, von diesem anderen. Ich verbrannte sie. Ich ging ins Krankenhaus und musste mich um sie kümmern. Gleichzeitig kümmerte ich mich um dich. Es war für dich in deinem Alter eh schon eine schwierige Zeit. Pubertät. Dann war auch noch deine Mutter im Krankenhaus. Wir besuchten sie, so oft wir konnten. Sie war so wichtig für dich. Sie wäre auch so wichtig gewesen für mich.»

Anninas Vater weint nun ebenfalls. Annina geht ins Bad, holt die Kleenex-Schachtel und stellt sie auf den Clubtisch.

Ihr Vater schnäuzt sich und fährt fort: «Sie kam nicht mehr aus dem Krankenhaus. Nachdem du die Nachricht ihres Todes erfahren hattest, warst du wie eingefroren. Ich versuchte dich zu halten, dir Wärme zu geben. Du hattest nie geweint. Ich hatte gleichzeitig ein riesiges Bedürfnis nach Wärme und Geborgenheit in mir. Da traf ich Maria. Sie gab mir Wärme. Sie war richtig für mich. Die Kinder kamen. Die Kartoffeln, wie du sagtest. Gleichzeitig verlor ich dich. Meine grosse Kartoffel. Ich ass nie mehr Kartoffeln seither.»

Annina nimmt die Hand ihres Vaters.

«Es tut mir leid», sagt sie.

«Es tut mir auch leid», sagt er und umarmt Annina und sie weinen beide.

Lange reden sie weiter an diesem Nachmittag und immer wieder umarmen sie sich. Anninas Vater zeigt Annina Bilder, die er mitgebracht hat, von ihren Stiefgeschwistern, von Maria. Annina wiederum zeigt ihrem Vater Bilder von Severin, von sich selbst. Anninas Vater erklärt ihr, dass er immer wieder Bilder von ihr gesucht und auch gefunden habe. Im Internet, auf der Internetseite ihres Geschäfts, auf Facebook, auf anderen sozialen Medien. Er hat sie ausgedruckt und gerahmt. Sie hängen zuhause in seinem Büro.

«Ich habe Hunger», sagt Annina plötzlich.

«Ich auch», antwortet ihr Vater.

«Wir müssen ins Restaurant. Ich habe nur noch Würstchen im Tiefkühler und einen Rest selbstgemachten Kartoffelsalat im Kühlschrank», erklärt Annina.

«Ich liebe Kartoffelsalat. Es gibt nichts besseres auf der Welt», antwortet ihr Vater.

37

Im Hausteil mit der Nummer vierundvierzig an der Rue des Billes in Vraie-Croix-sur-le-Doubs wird fleissig gearbeitet. Vielleicht sogar noch etwas fleissiger als die Tage zuvor. Denn heute ist der Tag, an dem Annina zu ihnen stossen wird.

Severin und Bob waren gut vorangekommen. Sie hatten das Dach isoliert und neu mit Täfer verkleidet. Im Obergeschoss schliffen sie die Holzdielen ab und versiegelten sie neu. Mit einem Holzlattengerüst rekonstruierten sie danach die Trennwände im Obergeschoss, isolierten sie mit Steinwolle und verkleideten das Gerüst schlussendlich mit neuen Gipskartonplatten. Diese galt es dann mit Spachtel zu glätten und zu schleifen, so dass eine saubere Oberfläche entstand. Das gleiche machten die beiden auch vor der Trennwand zum benachbarten Hausteil. Danach passte Severin die bisherigen Türrahmen und Türen wieder an, während Bob begann, die verschiedenen bisherigen aber auch neuen Wände neu crème-weiss zu streichen. Er hatte sich dazu Tipps von Leo Maurer geben lassen, der sie später noch besuchen würde.

«Schade, dass aus dir kein Maler wird», sagte Severin Kunz lachend zu seinem Sohn, «du machst das richtig gut.»

Vor einigen Tagen nahmen sie noch in der Küche Mass. Mit einem gemieteten Anhänger waren sie zum grossen Baumarkt in Montbéliard gefahren und hatten eine einfache Küchenzeile mit Geräten ausgesucht, gekauft und in den Anhänger verladen. Danach waren sie beim Selbstbedienungs-Möbelhändler und kauften Betten, Matratzen und weitere Bettwaren für die beiden Zimmer.

«Das weitere Einrichten überlassen wir besser Annina», sagte Severin lachend zu Bob, «sonst wird wieder alles korrigiert, was wir jetzt machen.»

Sie packten dann die Artikel auf den Anhänger und in den Citroën, fuhren zurück und stellten alles für den Moment in die Garage.

Heute jedoch, tragen sie die verschiedenen Pakete für die Betten in den beiden Zimmern aus der Garage hoch ins Obergeschoss. Um den frisch versiegelten Boden zu schonen, legt Bob eine Wolldecke auf den Boden im vorderen Zimmer, damit sie darauf die Montagearbeit verrichten können. Sie schrauben Bettladen zusammen, montieren die Füsse, legen dann den Lattenrost in den Rahmen und packen die Matratze darauf. Während Severin die Matratze mit einem Fixleintuch bezieht und danach Decke und Kissen darauflegt, wechselt Bob schon zum zweiten Zimmer, und beginnt, das zweite Bett aufzustellen.

Kurz vor zwölf Uhr dreissig begutachten Vater und Sohn stolz ihr Werk, klopfen einander ab und steigen dann ins Auto, um zum Bahnhof zu fahren und Annina abzuholen.

38

Mit einigen Minuten Verspätung trifft der Regionalexpress aus Belfort auf Gleis zwei ein. Der Bahnsteig kann nur über eine Metallpassage erreicht werden, die über die Gleise führt. Severin und Bob warten neben dem Bahnhofgebäude, bei Gleis eins, neben anderen Leuten, die auch auf Reisende warten. Severin tritt von einem Fuss auf den anderen vor Freude und Bob steht still lächelnd da. Der Zug fährt wieder ab und über die Gleise sehen sie Annina mit einem kleinen Rollkoffer auf dem Perron stehen. Sie winkt den beiden zu, die ihr mit den Armen deuten, die Treppe hochzusteigen und über die Passerelle zu gehen.

Annina aber bleibt stehen, stellt den Koffer ab und nimmt die Hände wie einen Trichter vor den Mund und ruft:

«Severin! Severin! Ich habe meinen Vater zu unserer Hochzeit eingeladen!»

«Du hast was?», schreit jetzt Severin zurück.

«Ich habe meinen Vater zu unserer Hochzeit eingeladen! Das heisst, wenn du noch heiraten willst, natürlich!»

«Ja!», schreit Severin, lässt Bob stehen und rennt die Treppe hoch über die Passerelle und stürmt auf der anderen Seite die Treppe wieder hinunter zu Annina und umarmt sie.

Derweil steht Bob noch auf der anderen Seite und ruft: «Habt ihr kein Zuhause? Ist ja peinlich!»

Weiter erschienen

Felix Bachbetti:

5 - Die erste Wanderung des Severin Kunz.

Paperback

184 Seiten

ISBN-13: 9783752683707

Verlag: Books on Demand

Erscheinungsdatum: 08.03.2021

Severin Kunz fährt in eine Radarfalle und verliert den Führerschein für einen Monat. Der Finanzbuchhalter eines Baumarktes nimmt seine lang angestauten Ferien und versucht mit einer langen Wanderung auf dem Jurahöhenweg dem Spott der Kollegen zu entkommen. Dabei stolpert er dauernd über sein verkorkstes Leben, seine Liebeswunden und eine Frau, die ebenfalls von seltsamen Umständen geplagt und von merkwürdigen Geistern begleitet wird.

Felix Bachbetti:

Backlog – Aufbruch für Severin Kunz.

Paperback

176 Seiten

ISBN-13: 9783756861828

Verlag: Books on Demand

Erscheinungsdatum: 28.11.2022

Severin Kunz, der Finanzbuchhalter einer Baumarktkette im Schweizerischen Mittelland, hat seine Stelle gekündigt. Die letzten Tage an der Arbeit werden zur Qual, denn seine Nachfolgerin ist plötzlich spurlos verschwunden. Gemeinsam mit seiner Freundin Annina Stocker macht er sich auf die Suche und entdeckt dabei verborgene Wunden seiner langjährigen Mitarbeiterin.

Zum Autor

Felix Bachbetti

Der 1969 geborene, unter dem Pseudonym Felix Bachbetti schreibende Autor war Finanzchef und Geschäftsleitungsmitglied eines mittelständischen Einzelhandelsbetriebs. Er ist studierter Betriebsökonom, betätigt sich auch als malender Künstler und lebt mit seiner Frau in der Nähe von Aarau in der Schweiz.

Bereits früher im Verlag BoD erschienen sind der Roman «5 – Die erste Wanderung des Severin Kunz.» und der Fortsetzungsroman «Backlog – Aufbruch für Severin Kunz.»